백두에 머리를 두고

강민 시선집

백두에 머리를 두고

창비

일러두기

1. 이 시선집은 『물은 하나 되어 흐르네』(도서출판 답게 1993), 『기다림에도 색깔이 있나보다』(문학수첩 2002), 『미로(迷路)에서』(책만드는 집 2010), 『외포리의 갈매기』(푸른사상 2014)에서 94편을 선별하고 신작시 4편을 추가해 수록한 것이다.

2. 시편들의 배치는 새롭게 구성한 부에 따랐고 개별 작품의 말미에 창작 연도를 붙였다.

제2부

# 그대 가리라 한다

제3부

# 꽃은 핏빛으로 피어난다

제4부

# 광장에서

제1부

백두에 머리를 두고

# 서울의 밤

**1**

모두가 잠든
서울의 밤에
뜬눈으로 밤을 지새우는
사내 하나 있었네

강물은 왜 흐르나
강물은 왜 저항하지 않고
비키고 넘쳐흐르나
그 슬기 어디서 왔나
어느덧
어스름 새벽은 다가오고
사내는 아직도 눈 못 붙이네

**2**

새는 울고 있었네
피 먹은 어둠을 온몸에
거적처럼 둘러쓰고

새는 한알씩
피 토하듯 울고 있었네

벙글던 꽃잎마저
광풍(狂風)에 지고
이제는 지쳐서
돌아와 누운 사내

3
그이는 소식이 없었네
천근 무게로 짓누르는
가위에 놀라
소리쳐도 소리쳐도
그이는 소식이 없었네
그 따뜻했던 품
부드러운 손길
솜뭉치처럼 감미로운 사랑의 숨결
그 모두가 잠든 밤에

그이는 소식이 없었네

줄 친 거리를, 술 마시고
미친 듯 달려
강을 건너고
가슴에 한아름 바람을 안고 돌아와
지치고 지쳐서 누운 사내

4
꿈을 꾼다
흩날리는 꽃잎
몰아치는 광풍
일어서는 물기둥
사내는 비로소 아네
그 슬기, 피울음,
그 인종(忍從),
모두가 잠든 서울의 밤에……

_1981년

14

# 유형지에서

그건
어려운 일이래요

끊어진 강하에
무지개다리 놓이고

훈훈히 달아오른 열기의 입술이
하나로 포개지기는

하늘의 별 따기보다
더
어려운 일이래요

술 취한 듯 비틀거린
전쟁에 죽어
울타리에 시름 잊은
꽃으로 피어도
바위 속의 자유가 자유 되기는

하늘의 별 따기보다
더더욱
어려운 일이래요

먹구름 덮인 하늘 아래
짓눌린 아우성이
먼 아침의 형지로 유배된 시간

──그러나,
오늘도 해는 솟아요

_1967년

16

# 외포리의 갈매기

〈한 무리 꽃잎처럼
갈매기 무리져 날고 있다
아름다운 비상이다
싱싱한 자유다
소망이다〉


어젯밤 그들은 어느 꿈에 머물다
아픈 추억 물고
여기 외포리 바다 위를 날고 있는가


북녘의 바다에서 남녘의 하늘로
남녘의 바다에서 북녘의 하늘로
내 겨레 뜨거운 가슴은 여전히 먼데


무리져 끼룩거리는 자유의 갈매기
우리 소망은 어디서 날고 있나
가고파도 못 가네
그리워도 못 만나네

아, 우리 사랑
누가 이 땅을 둘로 갈라놓았나

_2013년

# 불의(不義)의 소리

못다 풀고 가신
님의 한(恨)
서려서
지금은 볕바른 양지의
한줌 봉분으로 누워 있네

차라리 잘되었지
스산한 이승에서 뼈마디 휘도록
나누었던 불의며
차가웠던 악수
그리고 동공에 노을이 물들도록
하염없던 대화야
기실 너무나 부질없는 인간의
작희(作戱)지

역겨워 가신
님의 한
서려서

한줌 봉분으로 누워 있는

양지에

지금도 종무리처럼 난타하여 들리는

불의의 소리

소리 —

_1970년

# 부재

─그것은
내가 없다는 것이다

그이는 있는데
내가 없다는 것이다

조국은 있는데
내가 없다는 것이다

'비전'은 있는데
내가 없다는 것이다

미소도
황혼도
성욕도
혁명도
애국도
다 있는데

내가 없다는 것이다

부재한 사랑의 추구만이 남고
이 '현실'에선
차라리 내가 없다는 것이다

_1968년

# 길

다들 모였는데
깃발 나부끼고
먹을 것 마실 것 흥청
잔치는 한창인데
그만이 빠졌구나
그리움 사무쳐 아귀 시리고
눈시울 더운데
그만이 빠졌구나
꼭 와야 할 이 길
무엇이 막고 있나
야속하구나, 바람아
구름 밀고 오듯 어찌 그는 밀고 오지 못하느냐
먼지 이는 황토 고개 위에도
이 여름 나무들 푸르르고
가뭄 끝 강 늪 속에서도
온갖 물고기 노니는데
슬프구나, 형제여
왜 여기 오지 못하느냐

저 술렁거림

저 몸부림, 저 함성,

들리지 않느냐, 형제여

우리 모두 곡괭이 부삽 되고

쇠스랑, 수레 되고 낫칼 되어

가로막는 모든 것

온갖 악귀들 물리치고 갈고 뭉개어

길을 열자꾸나

형제여, 겨레여

왜 여기 오지 못하느냐

왜 오지 못하느냐

_1988년

# 출근

사무실이 술렁이고 있었다
1970년대의 어느날
평소처럼 시간 맞춰 출근했더니
여느 때 같으면 조용히 근무 준비를 하고 있을
편집부 분위기가 심상치 않게 술렁이고 있었다
내 책상에는 〈×× 서 ×× 과 K 모〉라는 명함이 놓여 있고,
이윽고 급히 다가온 직원 한 사람이
"누군가 두 사람이 아래 다방에서 기다린대요."

얼굴도 모르고 내려간 다방 구석에서
웬 잘생긴 젊은 사내 하나가 엉거주춤 일어나 알은체를
한다
그는 이미 나를 알고 있는 모양이다
그가 명함의 주인이었다
그 옆자리에서 또 하나,
날카로운 눈매의 사내가 고개만 까딱했다
"무슨 일입니까?"
"백 선생 아시죠?"

잘 안다는 내 말에 그는 또 물었다

"그분 어디 가셨죠?"

"몰라요."

그러자 옆자리의 눈매 사나운 사내가 말했다

"왜 이래요. 며칠 전 저녁 ○○대폿집에서 같이 술 마셨 잖아요."

"그래서요?"

"그러고 어디 갔냐 말예요?"

"친구끼리 대포 마시는 것도 안돼요?"

"그게 아니라 그다음 그분이 어디로 갔냐 말입니다."

"내가 그걸 어떻게 알겠소. 술값 내고 나오니까 이미 그 는 어디로 가고 없습디다."

실제로 그랬다

"그리고 나하고 술 마신 것까지 아는 당신들이 잘 알지, 이따금 찾아오는 그가 어디 갔는지, 내가 알 까닭이 없지 않소."


며칠 후, 전무가 불러 올라갔더니

26

"백 선생이 친구시라구요. 자주 만나시나요? 좀 삼가시죠. 오너가 알면 좋을 게 없잖아요."

그리고 그 다음다음 날 모교 친구에게서 전화가 왔다

"요즘도 백하고 자주 만나나? 누가 와서 자네 신상에 대해 자세히 묻더군. 조심하게."

그후, 내 출근길은 무거웠고 무척 우울했다

_2005년

# 노래

이미 타버린 애증의 국토 위에
뮤즈여,
당신과 내가 흔연히 합일하여
온갖 가능의 꽃을 피우자

무겁고 스산한 마음들이 응집하여
되씹는 고독, 잔인
그 푸른 수인(囚人)의 마을에

흘러내리는 낙일(落日)의 혈흔이 키우는 수목
아직도 검은 허공에 나부끼는
지금 부재한 이들의 손
그리하여 잊혀진 전쟁의 뒤울 안에

뮤즈여,
나의 사랑, 온갖 가능의 시원이여
꽃을 피우자

28

요요히 흐르는 그 강물
슬기로운 자유의 다리를 건너면
다시 대열을 이루는 슬픔, 회한
역설의 혓바닥에 돋아나는
혓바늘처럼 독하고 진한 꽃을

사랑도 미움도 이미 타버려
얄팍한 한계 안에 비롯되는 이 마당
어느날의 수없는 배신에 이어
문지르면 묻어날 피의 역사를
꽃을

뮤즈여,
당신이 내 안에
내가 당신의 안에 자리하여
흔연히 합일하여

_1962년

# 비망록에서 1
4·19혁명 점묘(點描)


요란한 불자동차 소리 나더니
깃발, 옷가지, 손수건 따위를 흔들며 소리치는
신문팔이, 구두닦이, 막노동자, 노점상, 지게꾼 같은
누추한 몰골의 젊은이들을 뒤칸에 잔뜩 태운 소방차가
와 멎었다
많은 인파가 몰려 있는 을지로 입구 내무부 청사 앞
1960년 4월 20일
온 장안이 데모대의 함성으로 뒤덮이고
사방에선 총성이 울리고
신문사가 불타는 등, 거리는 질서가 무너지고
영구 집권을 꿈꾸는 불의와 부정의 무리들
물러가라 소리치며
폭압으로부터의 해방과
3·15 부정선거의 무효화를 요구하는
데모대의 함성이 요동치고 있었다


시내 곳곳에서 함성이 일고
저녁 어스름이 깔린 거리에서

나는 비겁한 방관자였다

내무부 청사 정면에는 기관총인 듯한
무기가 이쪽을 향하고 있었다
민중의 자유를 억압하는 '자유당'
그 망령의 방패가 단말마를 맞아 곧 불을 뿜을 듯
이쪽을 향하고 있었다
"모두들 내리시오. 저놈들을 깔아뭉개겠소."
운전석에 앉은 시커먼 얼굴의
이미 사상(死相)을 띤 젊은이가 외쳤다
놀란 사람들은 우르르 뛰어내렸다
순간 청사 쪽에서 총성이 울리고
비명 소리가 나고 몇 사람이 쓰러졌다
부르릉 시동을 건 소방차가
그 정면으로 돌입했다
'쾅!'
총소리가 멎고, 누구랄 것도 없이
와! 박수가 터지고

"만세! 만세!"를 불렀다

그때 학생들이 앞장선 4·19의 혁명은
어쩌면 이렇게 소위 양아치들, 밑바닥 민초들의 가담으
로 승리했는지도 모른다

_2008년

# 비망록에서 2
철거(撤去)


어머니는 밥상을 들고
어쩔 줄 몰라 우왕좌왕하셨다
오후 다섯시까지 철거하라는 통지를 받고
그 집에서의 마지막 식사를 하려던 참이었다

서울 중구 광희동 2가 65의 2
그 험한 전쟁에서도 용케 견뎌
늙으신 어머니와 우리 삼남매에게
풍상을 막아주던 남루하지만 따뜻했던 판잣집

돌연 밖에서 쿵 하는 굉음과 함께
천장에서 풀썩 먼지가 일며 와르르 깨어진 기와가
쏟아져내렸다
시간은 아직 다섯시 전이었다
나는 충혈된 눈으로 밖으로 뛰쳐나갔다

건장한 사내가 시커먼 얼굴로 해머를 휘두르고 있었다
"야, 이건 살인 아냐.

어떻게 사람이 안에 있는데 집을 허물어."
나는 그의 팔에 매달리며 소리쳤다
"그리고 아직 다섯시 전이잖아."
그러자 사내는 싱긋 웃으며 턱으로 가리켰다
"난 몰라요. 시키는 대로 할 뿐이지.
저 사람한테 가서 말해봐요."
거기 한 사내가 다리를 꼬고 앉아 있었다
그리로 쫓아가 나는 같은 소리를 외쳤다
그러자 그가 말했다
"공무 집행 방해!"라고

얼마 전부터 일대의 철거 소문이 나고
동회 직원들이 돌아다니며
상계동에 대토(代土)를 줄 테니
자진 철거하라고 회유를 했는데
주민 대부분이 떠난 그 집에서
나는 끝까지 버티고 있었다
사실 그 무렵 상계동은 사람이 가서 살 데가 아니었다

생활 기반시설은 물론, 그들이 준다는 땅도 황무지일 뿐
아무 가치도 없었다

여기저기서 비명 소리가 나고
식구들이 뛰쳐나와 멍하니 바라보는 거기서
우리 집은 허물어져갔다
동회 직원들은 모두 어디론가 달아나고
동회는 텅 비어 있었다

문득 무등산 판잣집 철거 때 불붙은 집을 보고
철거반원을 살해한 현역병 생각이 났다
"오, 하느님!"
1967년 부정부패를 척결하고 국가의 혼란을 막기 위해
일어났다는 군사정권의 불도저 시장이라는 자가
경제 개발과 신도로 건설이라는 미명하에 저지른 만행이
었다

_2009년

35

# 소묘 2

눈을 감는다
아픈 현실이 뼈에 와닿는다

울안에 피었던 꽃도 이울고
시인의 저녁 밥상엔
아내의 애정만이 담긴 김치찌개가
그래도 가정임을 실감케 한다

오늘도 무슨 집회
저 나름의 애국을 위해
이웃집 대학생은 집을 비웠는데
노모는 말없이 마당을 쓸고 있다

가을은 다가오며 깊어가고
여름내 무성했던
마당의 포도나무는
풍성한 의무를 다한 듯
한잎

두잎
낙엽이 진다

1974년
한국의 가을은
늘 푸른 하늘과 도시의 소요(騷擾)를 붙안고
울고 있다

_1974년

# 자화상

그 광장 분수 앞에 서면
홀연히 욕정하는 녀석이 있다
앓아서 고생하는 혈연을 보면
당장 죽이고 싶어지는 녀석이 있다

뒷맛이 구린 우의(友誼)보다는
깨끗한 배신이 낫다는 녀석이 있다
아, 꿈을 좀먹는 해파리 같은 무리들이 들끓는
태평로 일대
그 거리에 서면
이유도 없이 현기증이 난다는 녀석이 있다

침강하는 시민의 계단 어귀에 서서
녀석은
어두운 하늘을 우러러
사랑하는 모국의 이름을 부른다

　　──이런 시를 쓰면

비에 젖는 악수표(握手票) 물자를 보면
하염없이 쓸쓸해지는 녀석이 있다

* 당시 태평로에는 국회의사당과 여러 언론기관이 몰려 있었고, 한
때 미국이 우리에게 보낸 구호물자에는 모두 한미 친선을 나타내
는 악수표 표지가 있었다.

_1966년

# 꿈앓이

백두에 머리를 두고
한라에 다리를 뻗고 눕는다
강산은 여전히 아름답고
바람은 싱그러운데
배꼽에 묻힌 지뢰와
허리를 옥죄는 유자철선(有刺鐵線)이 아프다
하초에서 흐르는 물 흐름이 운다
여전히 편치 않은 지리의 눈물을 받아
섬진의 노을은 오늘도 핏빛이다

밤마다 선잠 뒤척이며
아프고 뿌연 안개 낀 머리를 흔든다
정강이가 가렵다
피가 나도록 긁어도 시원치 않고
차츰 온몸으로 번진다
허리에서 막힌 혈류 때문인가

이윽고 아침은 밝지만

내 무거운 머리는 행방을 찾지 못하고
오름에서 일어선
가려운 다리는 해협도 건너지 못한다
아, 저 길
아득히 먼 고구려의 꿈
멀고 먼 백두로의 그리움
머리는 여전히 아프고 아프구나

아, 내일은 풀리려나, 저 철선으로 막힌 혈류!

_2012년

# 경안리에서


"이놈의 전쟁 언제나 끝나지. 빨리 끝나야 고향엘 갈 텐
데……"
　때와 땀에 절어 새까만 감발을 풀며 그는 말했다
　부풀어 터진 그의 발바닥이 찢어진 이 강산의 슬픔을
　말해주고 있었다
　지치고 더럽게 얼룩진 그의 몸에선
　어쩌면 그의 두고 온 고향 같은 냄새가 났다
　1950년 8월의 경안리 주막
　희미한 등잔불 밑에서 우리는 같은 또래끼리의
　하염없는 얘기를 나누었다
　적의는 없었다
　같은 말을 쓸 수 있다는 행복감마저 있었다
　고급 중학교에 다니다 강제로 끌려나와 여기까지 왔다
는 그
　그에게 나는 또 철없이 말했었다
　"북이 쳐내려오니 남으로 달아나는 길"이라고
　적의는 없었다
　우리는 서로 쳐다보며 피식 웃었다

굶주리고 지친 사람들은 모두 잠이 들고
우리만 하염없는 얘기로 밤을 밝혔다
그리고 새벽에 그는 떠났다
"우리 죽지 말자"며 내밀던 그의 손
온기는 내 손아귀에 남아 있는데
그는 가고 없었다
냄새나고 지치고 더럽던 그의 몸과는 달리
새벽별처럼 총총하던 그의 눈길
1950년 8월 경안리
새벽의 주막 사립문 가에서 나는 외로웠다

_2002년

# 친구 3
리진(李眞) 시인에게


그 전쟁 때면
서로 총부리 겨누었을 친구
모스끄바에서 온 시인
남북의 시인이 만나
독한 소주잔을 나눈다
잔에 남은
그의 손 온기가
피의 역사를 지운다

_1992년

# 새벽 1

잠 설치고
나선 새벽 뜨락에
놀라워라
그분은 조용히
내 곁에 와 계셨다
아직 그림자로 있는 앞산
희뿌옇게 동트는데
구름인가
구원인가
거기 그분 모습 보인다
아득한 그대 눈길
나의 눈길 타시고
그분은 조용히
거기 조용히 와 계셨다

_2002년

# 기(旗)

들녘엔 바람도 없다
그는 이미 전쟁을 잊은 지 오래다
헐리고 피 흘렸어도 항시 피어오르고만 싶은 마음
기(旗)여!

지금은 오후의 바랜 고요가 스미고,
언제였던가
싱싱한 살육의 벌판을 흡사 왕자처럼 휩쓸던 그때는

봄, 여름, 가을,
겨울도 없이
모두 안타까이 죽어간 시간
이제는 높이 우러를 하늘도 없다
그는 제 몸의 중심을 향해 고요한 기도의 몸매를
지속할 뿐이다

_1957년

# 풍선기(風船記)


눈물 젖은 땅 흔들리고
잔뜩 찌푸린 하늘이 겨우
여백을 드러낸다
아름다운 노을이 불타고 있다
같은 핏빛으로 헤아릴 수 없는
풍선이 날고 있다

울음소리 들린다
풍선 안은 걷잡을 수 없는 상념으로 가득하다
흐느적거리는 천한 자본의 행패
천한 이념의 고집
추한 세습의 몰골
꼴사나운 삽질의 부채(負債)
어디를 보아도 아득하다
어디를 보아도 눈물이 난다

향방을 잃은 풍선이 강줄기를 넘어 유자철선 위를 날고
있다

이제는 꽃피는 4월
저기 불타는 노을 속
달구어진 쇠스랑, 삼지창, 낫자루, 곡괭이
아니지, 하다못해 호미자락이라도 들고
다시 한번 어두운 망발의 굴레를 부수고

사랑을 위해
평화를 위해
거기 희망을 각인하여 띄울 수는 없는가
저기 막힘없는 아름다운 노을 속으로 띄울 수는 없는가

향방을 잃은 풍선이 강줄기를 넘어
유자철선 위를 날고 있다

_2013년

# 진달래 불길

봄이 강산의 신화(神話) 길
태곳적 주렴 열고
꽃피고 있다
모닥불 사랑 타오른다
아득한 고조선, 부여의 불길
예맥, 가야의 그 옛날
아니지, 고구려의 불
이어서 발해의 불
신라, 백제, 고려, 조선의 불길
모닥불 타오르고 있다
진달래 신화 피어오르고 달려온다
활활 타오르는 겨레의 사랑불
어둠에 묻히던 사랑 타오르고 있다
제천(祭天)의 불타는 사랑
진달래, 흰달래, 연달래, 난달래
눈부시게 타오르고 어울리는 불길
일찍이 누구도 미워할 줄 모르고
평화 사랑하고 이웃 사랑한 이들

얼씨구 좋을시고 신명의 불길
에워싸 돌며 노래하고 춤추는데
꽃길 만리, 동서남북
온통 타오르며 하나 되는
겨레의 봄 동산
달려오며 달려가는 진달래 불길

_2008년

# 동오리 12

눈물의 바다
반세기의 벽 허물고
가족마다 테이블마다
통곡의 드라마
보안법, 반공법 간데없고
다만 혈연의 눈물뿐
산촌의 텔레비전에 비친
겨레의 비극
통일은 아직도 멀구나

_2002년

# 동오리 15

그대 바람으로 떠나요
떠난 김에 훨훨 날아
산 넘고 물 건너
이 봄의 씨앗 실어다
거기에도 뿌려줘요
샘물가 돌 틈에도
뒤울안 툇마루 주춧돌 사이에도
정자나무 그늘에 쉬는
그이들의 마음밭에도
뿌려줘요, 봄의 씨앗

동오리의 봄씨앗 날아
녹슨 철조망, 지뢰밭 넘어
그리로 가요

_2005년

# 동오리 22
전설


하얗게 눈이 오고
어느날 그 눈이 녹던 날
여자는 떠난다
도랑의 물속에
꿈처럼 숨어
그녀는 어디론가 흘러가고 있다
이윽고 강물을 만나고
두물머리 남북의 강물을 만나고
여자는 갑자기 알 수 없는 희열에 사로잡혀
미친 듯 춤을 춘다
춤과 더불어 뒤척이며 잉태를 하더니
흘러 흘러 바다로 간다
덤벼드는 숱한 수컷들을 웃으며 울며
뿌리치고
바다로 바다로 흘러간다
바다에서는 더 많은 수컷들이
웅성거리며 덤벼들었으나
이미 절정의 사랑을 맛본 여자는

거대한 바다 그 자체가 동반자였다
시간이 흘러
둥근 달이 뜨는 만월의 밤
여자의 배는 터질 듯이 부풀어 그녀는 떠나온
모천(母川)이 그립다
입덧으로 온갖 바다의 쓰레기를 하얀 모래밭에 쏟아놓고
강물을 거슬러 도랑으로 돌아온다
모락모락 꿈의 물안개로 피어오른다
오늘 동오리는 다시 눈이 내리고 쌓이고
우리들의 사랑은 여전히 춥다

_2008년

# 동오리 24
동행

군이 서둘 것 없는 길에
동행이 생겼다

언젠가부터 오줌발 가늘어지더니
밤이면 미열이 나고
해우소(解憂所)행 잦아진다
하여, 수면 부족이다
나이 들면 의례히 그러려니 지내다
주변의 말을 듣고 병원을 찾는다

촉진(觸診), 혈액 검사, 소변 검사를 하더니
조직 검사를 하란다
날을 잡아 검사를 한다
열두곳 조직을 떼어내 검사 결과
다섯곳에서 악성종양이 검출됐단다

웃음이 난다
아, 드디어 그 길 동행이 생겼구나

그러나 결코 서둘지 않으리
수술은 거부하기로 한다
약물치료로 진행을 막고
여전히 만나는 이들과 즐거이 지내리라

이승에서 빚진 것
못 갚은 사랑 어이하리
가족 사랑, 이웃 사랑, 겨레 사랑
환한 햇빛, 아름다운 강산
그 훈향과 더불어 동행하리
어차피 가야 할 길
그와 함께
천천히 아주 천천히 걸어가리

_2008년

# 동오리 32
빈집

빈집이 부르고 있다
밤마다 홀로 자리에 누우면
버려둔 동오리 빈집이 부른다
평생을 함께하던 그이가 떠나
지친 심신을 달래려 와 있는 막내네 집
작은방에 누우면
꿈에도 찾아오지 않는 그이가 야속하다
사진 속 젊은 그이는 웃고 있는데
찢어지는 가슴
하얗게 표백되는 머리
어디선가 소리 없는 소리 들린다
하얀 울타리 속에서 흐느끼는
빈집의 소리 들린다
빈집이 부르고 있다

_2009년

# 동오리 34
무명화(無名花)


저무는 전철역 출구를 나온다
거기 가난한 꽃장수 있었다
이름 모를 꽃들이 작은 화분에서 웃고 있다
하늘의 소국당(小菊堂)*이 보면 좋아할 듯한
보랏빛 꽃이 핀 화분을 골라
거금 이천오백원을 지불하고 산다
들고 와 그이의 영정 앞에 놓으니
썩 잘 어울린다
국화 중에서도 작은 들국화가 좋아
당호도 소국당인 그이
그이 영정 앞에서
가련한 국화 닮은 무명화가 예쁘다
영정 속의 젊은 그이가 웃고 있다
영정 밖에서 백발의 내가 웃고 운다


* 아내 이국자(李菊子)의 당호.

_2010년

제 2 부

그대 가리라 한다

# 미로(迷路)

눈은 밤새도록 내렸다 사방이 하얗게 뒤덮여 방향을 가늠할 수 없었다 우리는 또 밤새도록 힘없는 발걸음을 옮기고 있었다 목표물이 전혀 없는 눈 덮인 벌판에선 앞선 사람의 발자국만 밟고 따라갈 수밖에 없었다 그렇게 걷고 또 걸었다 얼마를 걸었을까 먼동이 트기 시작하며 사방이 훤해졌다 눈은 어느덧 멎고 아무 흔적도 없는 벌판에 우리 발자국만 선명하게 찍혀 있었다 동그랗게 동그랗게 직경 십여 미터의 원을 그리며 그 발자국은 제자리에서 빙글빙글 돌며 찍혀 있었다 1951년 1월 후퇴 대열에서 낙오한 우리 다섯 사람의 전쟁터는 그렇게 갈피를 잡을 수 없는 미로를 헤매고 있었다

_2004년

# 꽃, 파도, 세월

파도가 부서진다
하얗게 부서진다
내 청춘의 포말이
부서지는 파도에 묻혀 허우적거린다
하얀 물결 위에
꽃 한송이 출렁거리며 춤을 춘다
깃발 흔들며 쓰러지던 그와
많은 일, 많은 얼굴들 보인다
전쟁과 별리(別離), 사랑의 아픔 보인다
황혼의 바다에는 배신과 용서의 자락 깔리고
까마득히 이어져온 바다 저편의 소식이
바람결에 화해를 손짓하고 있다
흘러간 세월이 내 아픈 사랑을
이름 모를 꽃으로 파도 위에 던져놓고
하얗게 부서지는 물결 사이로 그것은
춤추며, 춤추며 멀어져간다

_2005년

# 낙일(落日)

강 건너 노을빛 속에
그이는 서 있었다
뒤로 지나온 길들이
그리움처럼 길게 뻗어 있었다

불단풍 몇그루
가슴에 타오르고

그리움의 노을빛 불기둥
물결 속에 치솟는다
지나온 길들 위에 흩뿌린
회한의 눈물
물결에 어린다

문득
그이가 내게로 다가와
하나가 된다

_2006년

# 새는

일렁이는 바다
그 무형한 형지(刑地)에
먼동이 트면
새는
죽지 잃은 새는
비로소 야맹(夜盲)의 눈을 뜬다

밤새도록
머릿속에서 재깍거리던
시계 소리도 멎었는데
둘러보는 동서남북
막막한 손길
불가해한 안개

새는
죽지 잃은 새는
굳건한
의지의 나무를 잊지 못한다

새는

죽지 잃은 새는

나의 사랑은……

_1967년

# 동오리 1


먼 길 돌아와

여기 산다

어린 날

젊은 날

즐거운 날 괴로운 날

돌고 돌아서

지금 여기 산다

하얀 울타리 속에

소리 없이 어둠이 깔린다

_2001년

# 동오리 2

하늘 웅크리고
바람 불던 날
풀잎 하나 눕는다
풀잎 둘 눕는다
눕는다
풀잎 셋 눕는다
눕는다
눕는다
내 사랑
멀리 간 내 사랑
오지 않는다

_2001년

# 동오리 4

바람 분다
사나운 빛살 하나 날아와
우뚝 선다
뜨락은 문득 긴장한다
한 사나이 나와
어지러이 뻗은 가지를 친다

_2001년

# 동오리 8

어두운 산허리 너머로
달이 뜬다
어디선가 풀벌레 소리 들린다
꿈길 만리
그해 여름 저녁
강나루에서 보낸 사람
까만 눈동자뿐
이름 생각나지 않는다

_2001년

# 인터넷 까페

밖에는 눈이 오고
오늘은 크리스마스이브
화이트 크리스마스를 맞는다

먼 산 바라보며 무료히 앉아 있다
인터넷 까페 〈동오재〉의 문을 연다
온갖 소식과 명언, 영상, 음악, 시……
그리운 이름들이 뜬다
안개 낀 역사는 가슴을 조인다

광복 반세기도 지나
겨우 해금된 이름, 글 들이
아프게 시야로 들어온다

아픈 시대의 질곡에서
뼈저린 영욕으로 입소문에 오르는
선배, 스승 들의 자취도 보인다

폐허의 거리에서 만나
실조(失調)의 우정을 나누며
그래도 뜨거운 가슴으로 시를, 청춘을
함께 노래하고 불사르던
지금은 귀천한 친구들도 거기 있다

까페의 스크린은 눈부시게 흐르고
혼미한 머릿속에
이제는 나 떠난 〈시국헌〉 〈동오재〉의 뜨락에서
장어구이로 문우들 대접하던 아내 소국당
그이도 이미 거기 들어가 있다

눈이 내리네
오늘은 크리스마스이브
하얀 눈이 내리네

_2010년

70

# 금강산 기행

꿈속에 그리던 금강산
처음 밟아본 북녘 땅 금강산은
아직 북녘 땅이 아니었습니다
북녘에 빌려 앉은 남녘이었습니다
곧게 뻗은 조선의 소나무 금강송, 미인송
구룡연 가는 길에 보이는 수려한 나무들
기암괴석
그 뿌리에서 흘러내리는 옥류(玉流), 녹수(綠水),
녹수청산은 의연히 아름다운데
곳곳에 서 있는 안내원 북녘 동포 청년 처녀
왈칵 끌어안고 울고 싶은데
금강송, 미인송처럼 아름다운 그들
일부러 나눠본 대화도 어쩐지 어설프고
북녘 동포들 모습은 어디에도 없었습니다
세계 제일이라는 모란봉교예단 공연을 보며
아낌없는 찬탄과 슬픔을 함께 맛보며 눈물이 났습니다
남녘 헌병, 북녘 관문 지키는 북녘 군인들
그곳 지나 북녘 군인들이 무표정한 자세로

장승처럼 서 있는 군사분계선을 지나며
철조망 너머로 민가는, 학교는 보이는데
풀 뜯는 소들은 보이는데
왜 민간인들은 잘 안 보이는지?
눈에 보이는 끊어진 철도 연결 작업은 언제나 끝날는지?
아름다운 해금강은 왜 차단되어 한쪽만 보이는지?
아름다운 삼일포엔 왜 정다운 연인들 모습 보이지 않는지?
언제 탁 트인 금강산에서 남북의 동포가 손잡고
스스럼없이 아름다운 금강산 칭송하고
기쁨의 노래 부를는지?
우리 돌아오는 날
마침내 금강산은 통곡하고
내 가슴도 무겁게 가라앉았습니다
내 우산만 남북의 빗물을 한 몸에 받아
물의 통일을 이루었습니다

_2004년

72

# 삼도천(三途川) 기행 1

뒤에선 포성이 들리고
굶주리고 지친 우리는 비틀거리며 걷고 있었다
강산은 하얗게 눈으로 덮여 있었으나
숱한 발길에 밟힌 길은 녹으며 질척거렸다
터진 신발로 스며드는 찬 물기에 얼어 발은 감각이 없었다
그때 우리에게는 밤낮이 없었다

북의 전력에 밀려 남으로 후퇴하는 우리에게는
일체의 보급이 끊기고 잠잘 곳도 없었다
외딴집을 보면 불을 지르고 동사(凍死)를 면했다
하루 한 끼, 얼어터진 주먹밥이 실낱같은 목숨을 부지시
켜주더니
그것도 멎었다

어디쯤일까
서너 사람씩 팔짱을 끼고 밤새 걷고 있던 우리는
또 몇 사람의 낙오자를 내고 비틀거리며 걷고 있었다
극한상황에서 한계에 이른 우리는

차츰 대열을 이탈하는 낙오자와 쓰러져 잠드는 이들을
외면하고
걷고 또 걸었다

감각이 없었다
집이 그립다
따뜻한 가정, 가족이 그립다
눕고 싶다
그만 누워서 쉬고 싶다

앞이 안 보인다
노란 장막이 시야를 가리고
눈 덮인 하얀 산하와 질척이는 길이
아늑한 안방처럼 느껴진다

갑자기 누가 소리치며 내 따귀를 때린다
"야, 정신 차려!"
후딱 꺼지던 정신이 든다

비틀거리는 나를 잡아주는 그도 비틀거리고 있다
시커먼 얼굴에 실룩이는 힘없는 웃음을 나눈다
저승의 문턱에서 잡아준 그가 고맙다

다시 또 걷는다
이제는 정말 한계인가보다
눕고 싶다
그저 누워서 쉬고 싶다

길가 하얀 눈밭 위에 뭔가 까만 것이 있다
무의식중에 그것을 주워 입에 넣는다
오징어 다리다
누가 먹다 떨어뜨린 오징어 다리다

입에 침이 고인다
시야가 말갛게 밝아진다
유령 같은 사람들이 보인다
전후좌우로 비틀거리며 걷고 있는 젊은이들

1951년 1월

열아홉살의 나를 포함한 헤아릴 수 없는 젊은이들이

〈장정 소개령〉이라는 포악한 포고(布告)에 끌려가고 있
었다

_2008년

# 삼도천 기행 2

**1**

무더운 여름
환한 대낮 누추한 방에
25세의 그가 누워 있다
주위는 적막한 채 가난의 낙인만 보이고
식구들은 호구지책을 찾아 뿔뿔이 밖으로 나가
몹쓸 병으로 대야에 피를 토하며
텅 빈 가슴
하얗게 바랜 얼굴로 그가 홀로 누워 있다

**2**

잘 알지도 못하는 이념의 죗값에 쫓겨
끌려간 전쟁터에서 얻은 병과
천형(天刑)인 가난은 구원의 길마저 막혀
아, 이제 더 무엇을 바라랴
어머니가 간곡히 믿으시는 하느님까지 원망스러워

빗물에 얼룩진 천장의 무늬가

지나온 길들을 추상적으로 어지럽게 회상시켜주고 있다
그때 문득
천장에서 노란 장막이 천천히 내려와 시야를 가린다


3
누웠던 그가 일어난다
일년여를 자리보전하며 앓고 있던 그가 일어난다
허나, 누웠던 그 자리에 그는 여전히 누워 있다
그가 그를 보고 있다
일어난 그가 노란 장막 속으로 걸어간다
허우적허우적
어쩐지 가볍게 노란 허공 저편으로 걸어간다


작아진다
점점 작아진다
콩알만 해진다
장막의 끝
강물이 흐른다

죽음이 흐른다

4
정신이 아찔해진다
순간 누가 뒤에서 잡아당기는 것 같다
콩알만 한 그가 돌아선다
돌아선 그가 가던 길을 되돌아온다

커진다
자꾸 커진다
커진 그가 자리에 누운 그에게 겹쳐 눕는다
하나 된 그의 눈에
환한 여름의 대낮 얼룩진 천장이 보인다
화끈, 알 수 없는 열기가 온몸을 감싼다

5
장막은 사라지고 그는 배가 고프다
부엌으로 기어나가 퍼마신 한바가지의 물

허겁지겁 씹어 삼킨 한덩어리의 누룽지
어지러운 과거가 소용돌이친다
생각이 180도 회전한다
고생하는 가족들에게 미안하고
못 만나는 친구들에게 미안하고
이승의 생을 주고 환한 대낮과 이웃의 사랑을 알게 하시는
하느님!
그분의 무한하신 사랑이 고맙다

그리고 깨닫는다
장막 끝 강변에서 떠나려는
그를 잡아끈 힘의 존재를……
아, 어머니!
행상으로 피멍이 든 나날에도
새벽마다 교회에 나가 내 아들 살려달라고 애원하신
어머니의 기도!

멋모르는 의사는 고개를 갸웃거리며

기적이라 했다

그는 살았다

죽음의 권세에서 벗어나

다시 살고 있다

_2008년

# 첫눈 2

첫눈 내린 날
얇은 홑이불 끝없이 깔린 것만 같다
처음으로 사랑하는 여자 보듬던 날
어쩌면 잠자리 날개 같은
홑이불 덮어
그 사랑 확인하던 그것
그래, 그래 맞아
그 홑이불 끝 간 데 없이
퍼지고 퍼져
산 덮고 강 덮고
철조망 덮고 덮어
칠천만 겨레 덮어
우리 사랑 확인하는 날
첫눈 내린 날

_2002년

# 밤기차에서 1

이상한 일이다
밤기차에 흔들리며
여수(旅愁)에 젖어가는데
마음속 어딘가에서
들려오는 소리
아니다
아니다
우리 갈 곳 거기가 아니다
백두와 지리, 한라에서 흐르는
눈물의 모임
거기가 어딘가
거기가 우리 갈 곳이란다

_2001년

# 밤기차에서 2

온통 어둡구나
멀리 가까이
불빛은 요란한데
길은 보이지 않는다
중앙선 통일호 도농역
여인은 내리고
빈자리에 훈향만 남아
길은 여전히 보이지 않는다
아직도 풀리지 않는
미망의 세월

_2001년

# 밤기차에서 4

지하철을 타면
웬일인지 거꾸로만 가는 것 같았다
가령 강남에서 서울 시내로
혹은 서울 시내에서 강남으로 갈 때
터널을 나와 강을 건널 때
웬일인지 거꾸로만 가는 것 같았다
그러더니 요즘은
어쩌다 중앙선 무궁화호
부산행 기차를 타면
평양이나 신의주
압록강 가나 두만강 변
누가 기다리는 것도 아닌데
그리로
그리로 가는 것만 같다

_2001년

# 엄마!

언젠가 집사람 소국당이 살았을 때 들은
돌아가신 내 어머니에 대한 얘기다

오랜 병고로 누워 계시던 때였을 것이다
아무도 없이 혼자 병수발을 하던 그녀가 물었단다
"어머니, 누가 제일 보고 싶으세요?"
그러자 쇠약한 기력에 거의 말씀이 없으시던 어머니가
뜻밖에 큰 소리로
"엄마!"
하시더란다
"어머니"가 아닌 "엄마!"다
그때 어머니는 소천(召天)을 기다리던 여든다섯
노환의 어른
그날 직장에서 귀가한 나는 그 소리를 듣고 한참을
울었다

아, "엄마!"

그 소국당도 떠난 지 이미 삼년
산수(傘壽)날을 지내고 아이들과 그녀 산소를 찾은 날
사십이 넘은 막내가 가만히 제 어머니 무덤 앞에서
"엄마!" 하고 부르는 소리가 들렸다
돌아와 어두워진 방
아버지, 어머니, 그리고 아내 소국당 영정 앞에서
머리 허연 내가 불현듯
"엄마!" 하고 부른다
내일은 부활절
한동안 눈물이 그치지 않는다

_2012년

# 물은 속이지 않는다

물은 속이지 않는다
산은 속이지 않는다
지키는 이에게 축복을 내린다
푸른 마음 검은 마음
맑은 물 더러운 물
사랑으로 끌어올려
빗물로 내려주면
그 빗물 받아
생명의 원천으로 되돌린다

그대는 물이다
그대는 산이다
물과 산 한 몸 되어 살 섞고
땅 밑으로 흘러 흘러
샘물 실개천 늪으로 모이고 모여
산굽이 돌고 돌아서 강물 이룬다

산과 물은 한 몸이다

거기 다시 온갖 물고기 나무 풀포기
곤충 새 날고 기쁨으로 뛰는 짐승들
생명의 합창 있다
물은 씻어내는 것이다
산은 품고 정화하는 것이다
우리는 물이다
우리는 산이다, 자연이다

_2003년

## 당신은

이승과
저승의 거리만큼
그렇게 먼 곳에 당신은 계시었습니다

활활 타오르는 노을빛에 물들어
당신은 오늘도 먼 하늘의 그리움일 뿐
진한 손길에 으깨져
지금은 하늘하늘 실바람 같은 것
당신은 먼 하늘의 그리움일 뿐

이승과
저승의 거리만큼
그렇게 먼 곳에 계시었습니다
당신은

어느 아침
차라리 한잎의 꽃이고자
한방울의 이슬이고자

길가의 잊혀진 돌이고자
기도는 익어서
하늘 끝에 머물러도
당신은 먼 하늘의 그리움일 뿐

이승과
저승의 거리만큼
그렇게 먼 곳에 계시었습니다
당신은

_1966년

# 명동, 추억을 걷는다

2007년 3월 29일, 오전 11시 40분경
약속 시간이 남아
내 추억의 앨범에는 없는
낯선 명동을 걷는다
이삼십대의 우리가 거의 날마다 들러
헤매던 거리와는 완전히 달라진
화려하게 분칠한 명동을 걷는다


지하철 명동역에서 내려 충무로를 가로지르려다
문득 태극당 앞 건물 지하에 있던 〈음악회관〉 생각이 난다
건장한 체구의 노익장이셨던 첼리스트 김인수 선생이 운
영하시던
거기서 천상병을 위시한 우리는 무척 선생의 속을 썩여
드렸다
이추림, 김희로의 〈오시회(午詩會)〉도 여기서 주로 모임
을 가졌었지
충무로에 들어선 김에 우측으로 돌아 명동성당 길로 발
길을 옮긴다

길모퉁이, 여기쯤이던가

이산 김광섭 선생이 내시던 문예지 『자유문학』사가 있었지

편집을 하던 이는 시인 김시철, 또 다음에는 소설가 박용숙이었던가

거기를 통해 남정현, 최인훈, 송혁, 남구봉, 권용태, 황명걸 등이 등단했고

아니지, 결국 나도 그리로 등단하지 않았던가

조금 내려가니

우측에 빈대떡집 〈송림〉〈송도〉 자리가 보인다

아나운서 유창경, 소설가 정인영, 송기동, 시인 김춘배, 출판편집인 김승환, 김상기 등이

때로는 거의 고장난 고물 시계를 맡기고 외상술을 마셔도 싫은 내색도 없이 오히려

"너희들 술 좀 작작 마셔라. 몸 상할라."

염려하시던 주인아줌마들……

70년대 어느날에는 〈겨울공화국〉에 쫓기는 양성우 시인과 야인 백기완과

여기서 급한 회포를 나누기도 했지

아, 잊을 수 없다, 그때 쏘아보던 양성우 시인의 새파란 야수 같은 눈빛!

폭격으로 폐허가 된 건물 지하에 수십집이 얼기설기 칸을 막고 영업을 해서

우리가 〈아방궁〉이라 불렀던 곳에는

이제 이름 모를 큰 빌딩이 치솟아 있고

박성룡, 이규헌, 이일, 이창대, 김관식, 이현우, 송혁, 신기선, 송영택 등이

소금으로 안주를 삼고 동동주라는 카바이드 술을 마시던

언덕배기의 〈몽파르나스〉는 이일 시인의 명명(命名)이었던가

이현우가 자주 노숙을 한 공원이었던 제일백화점 자리는 흔적도 없고

그 앞에 있던 음악감상실 〈돌체〉〈엠프레스〉

폐질환으로 파랗게 질린 표정의 천재 화가 김청관을 비롯한 박서보, 문우식, 최기원 등의 화가며 조각가들의 모습이 떠오르며

거기서 DJ 역할을 하던 나중에 조선일보 문화부장을 한
정영일 생각도 나고

좁은 골목 안에 있던 〈쌍과부집〉은 알콜중독의 천상병이
주기(酒氣)가 떨어지면 가서 큰 유리잔으로 막소주 한잔을
훌쩍 마시던 곳이었지

다시 명동의 본길로 돌아와 복원 중인 〈국립극장〉 쪽으
로 걷는다

왼쪽의 화려한 패션 상점 거기에 〈청동〉에서 〈금문〉〈송
원〉으로 이름이 바뀐 찻집이 있었지

늘 그 자리에 눌러앉아 연신 담배를 피워 물며

끊임없이 찾아오는 여학생들의 손을 만지작거리던

『청동문학』의 주인이시며 우리 문단의 원로 공초 오상순
선생!

거기서 만난 남구봉, 신봉승, 김종원 등의 친구와 멋쟁이
선배 황명, 최재복

그리고 김금지, 최희숙, 박정희 등의 여자 친구들

아, 지금의 내 아내 소국당도 거기에 이따금 출입했었지

그 위가 〈송원기원〉이었는데

우리나라 바둑계를 이끌던 조남철 선생이 운영하시던 그
곳에서
민병산, 신동문, 김심온, 신경림, 황명걸, 이시철, 김문수
등을 만난다
겨우 두집 내면 사는 정도밖에 모르는 내게
조 선생은 떡 8급 딱지를 붙여주시고……
네거리에 서면, 국립극단 초년생으로 무대에 섰지만, 열
정적이고
인상적이었던 김금지의 〈만선(滿船)〉 무대 연기가 생각
난다
왼쪽으로 발길을 돌렸다가 다시 을지로 쪽으로 꺾는다
탤런트 최불암의 어머니가 운영하시던 그 유명한 목로
〈은성〉
그 자리 앞에 선다
그 집의 벽화로 불린 명동백작 이봉구 선생, 박봉우, 문일
영, 김하중, 이문환 등의 시인 묵객들……
모두가 그리운 이름들이다
그리고 그 앞집이 〈몽블랑〉이었다

내 인생의 진로를 바꿔놓은 영화감독 김소동 선생이 늘
진 치고 계시던 찻집
어려서부터 영화에 미쳐서 그 길로 가려고
서라벌예대 첫해 연극영화과에 입학하려는 나를 극구
말려
동국대 국문과로 돌려놓으신 선생님!

여기서 문득 내 추억 걷기는 멎는다
약속 시간이 다 되고 그 장소가 바로 거기 보였기 때문
이다
〈갈채〉〈코지코너〉〈동방살롱〉〈청산〉〈도심〉〈문예살롱〉
등의 찻집과 〈명천옥〉〈구만리〉〈할머니집〉〈도라무통집〉
등의 대폿집……
많은 이들이 가고 명동은 변했다
하지만 아직도 많은 명동 구석구석의 추억을 찾아 나는
또 여기 올 것이다

_2007년

# 편지 5

2005년 5월 2일, 오늘은 무척 행복했습니다
멀리 광주의 문병란 시인이 장문의 육필 편지를 보내주고
팔순의 노시인 김규동 선생이 십사년 만에 묶으셨다는
귀한 시집을 보내주셔, 단숨에 발문까지 읽었거든요

문 시인과 저는 아직 면식이 없고,
그의 글만을 보고 혼자 좋아했었는데,
오늘 뜻밖에 친절한 글월 주셨더군요
아마 일전에 어디선가 만난 광주의 여류 시인이
제 안부를 전하자
문 시인께 언젠가 보내드린 졸시 묶음을
새삼스럽게 보시고
약간은 당신과 공감하는 바 있었던지,
당신의 시와 제 시 몇편을 골라
육필로 친히 쓰고, 나름대로의 소감까지 적어 보내셨으니
감개무량합니다

  여기서 시작하여 신의주까지

몇천리나 될까?
다도해의 꽃 소식 안고
걸어서 걸어서 가고 싶은 날

문 시인의
「북향(北向) 가로(街路)에서」라는 시
첫 연의 일부입니다

어둠 저편에
끊길 듯 이어지는
소리 있다
(…)
그 뜻은 여전히 모른다
모르는 대로
달려
달려가고 싶은 그 강변
그 산기슭
아득히 먼

고구려의 땅

졸작 「밤기차에서 5」의 첫머리 일부와 끝부분입니다
통일을 염원하는 우리들의 공통된 심정이
잘 나타나 있습니다
문병란 시인, 만나고 싶습니다


김규동 선생님, 감사합니다 순서가 바뀐 듯하여 죄송합
니다
모자라는 놈이라 양해하시고, 웃고 보아주십시오
선생님, 제가 학생 시절, 〈동방살롱〉에서 여셨던
선생님의 화려한
『나비와 광장』 시집 출판기념회가 생각납니다
슬쩍 끼어든 저희 학생들에게도 선생님은 친절하셨고
그 자리에서 만난 많은 선배들 중,
술이 취해 「디엠비에프의 함락」을
큰 소리로 읊조리던 박인환 시인을 잊을 수가 없습니다
그후, 저도 선생님과 같은 출판업에 종사하며

선생님 주변의 소식 듣고 서성이었습니다만
제가 선생님을 다시 가까이에서 뵙고,
그 통일에의 간절한 소망과
가로막는 독재와의 싸움에
온몸으로 부딪치는 모습에 그저 고개 숙여
흠모하던 때가 바로 어제 같은데
선생님은 벌써 팔순을 맞으시고,
불초 소인도 칠순의 고개를 훌쩍 넘겼습니다
2001년, 그야말로 피나게 아로새긴
선생님의 〈시각전(詩刻展)〉을 잊을 수 없습니다
그 현장에서 느낀 감격은 두고두고
제게 교훈이 되고 있습니다


　죽기 전에 못 가면
　죽어서 날아가마
　나무야
　옛날처럼
　조용조용 지나간 날들의

가슴 울렁이는 이야기를
들려다오
나무, 나의 느릅나무

선생님의 시집 표제작이기도 한
「느릅나무에게」라는 작품의 끝부분입니다
고향에 두고 온, 오십년 전에 작별한 우물가의
그 나무에게 전하는 선생님의 피맺힌 망향가(望鄕歌)
선생님, 생전에 보셔야지요 우리 함께 소리쳐 부르기로
해요
"통일이여, 어서 오라"고……

김규동 선생님, 문병란 시인, 우리 오래 살아, 그놈의 장벽
때려 부수고, 가로막는 온 세상 악의 근원 뽑아버리고
한길을 따라 달려가며 만만세로 축배를 들기로 해요

김규동 선생님, 문병란 시인, 오늘은 무척 행복한 날입니다
_2005년

# 비망록에서 4
씨감자

쓰러질 듯 비틀거리며 찾아든 우리를
외딴 농가 홀로 집을 지키시던 노인은
말없이 등을 떠밀어
몰아세우듯 따스한 방에 밀어넣고
"배고프지, 조금만 기다려."
바가지에 뭔가 담아
역시 말없이 부엌으로 나가더니
이윽고 들고 온 김 오르는 감자 한바가지
"어서들 먹어."
우리는 허겁지겁 그것을 먹고
물 한모금 마시고서야 정신이 들었다
"이것 혹시 내년에 쓰실 씨감자 아닌가요?"
내가 물었다
"맞아."
"아, 어떡하죠. 염치없이……"
말문이 막혀 더는 말이 나오지 않았다
그제야 빙그레 웃으며
"이 사람들아, 이 엄동설한에 배곯아 곧 쓰러질 것 같은 젊은이들이 살아야지, 내년 농사일이 문젠가."
우리는 흑 흐느끼며 드릴 말씀이 없었다
그저 눈물을 흘리며
"고맙습니다. 언젠가 꼭 다시 찾아뵙겠습니다."
1951년 1월 후퇴 대열을 빠져나온 세 사람이
혹독한 추위와 배고픔을 못 이겨 찾아든
김천 부근에서 있었던 우화다
그런데 우리는,
나는 그때의 노인보다 더 나이 든 요즘도
이따금 눈물 속에 그리워하며 회상할 뿐
거기가 어디며, 그분 성함도 모른다

_2017년

# 소묘 4
백지


저무는 창가에 선다

눈 내리는 하얀 한겨울의 바깥이 춥다

머리가 아프다

눈이 흐리다

느닷없이 백지 한장이 창문을 가린다

잃어버린 사랑이 무색의 꽃잎으로 지고 있다

일상이 된 내 불명(不明)의 배회가

거기 황혼의 발자국을 남기고 눈물로 가고 있다

가라앉는 꽃잎을 떠 흩뿌린다

선홍의 사랑

아픈 과거가 흐른다

들리지 않는 멜로디가 길을 인도하고 있다

_2012년

# 노을녘

그대 가리라 한다
하늘 끝 여무는 그리움
나 모른다 하고
그대 가리라 한다

봄 여름 가을 겨울
사철의 가파른 고개
여울져 소리치는 강물
그 너머엔
멈추어 한 몸 될 곳 있는가
그대 어디 가시려는가
오늘도 가리라 한다
가리라 한다

_1988년

제 3 부

꽃은 핏빛으로 피어난다

# 만추(晩秋)

검게 그을린 도심의 빌딩 위로
초승달이 떠 있다

누구의 무슨 칼로 깎였나
바짝 야위어 창백하게 떠 있다
비스듬히 우수에 차 떠 있다

스산한 바람에 낙엽은 떨어져 구르고
빛이 두려운 무리들은
여전히 무딘 칼춤을 추며 뒷걸음질이다
검은 입김 뿜으며 망동(妄動)의 춤을 춘다

그을린 도심의 빌딩 위로
창백한 초승달이 떠 있다
피곤한 시민들의 우수가 떠 있다
분노가 떠 있다

_2013년

# 발화(發花)

비는 멎지 않았다
희뿌연 물보라 속 그 안에서
꽃은 몸살을 앓는다
줄기에는 물이 아니라 피가 흐른다
멍든 사랑으로 햇살은 흐리고
눈먼 사람들은 제 짓거리들을 찾아 떠났다
바람이 불 때면
흔들리는 잎으로 오열을 삼킨다
시시로 더해가는 신열이 온몸을 달구면서
달이 지는 시간에
혹은, 제 무게를 감당치 못하고
별이 쏟아지는 미명에
꽃은 핏빛으로 물들면서
아프게
아프게 피어난다

_1989년

# 우기(雨期)


2006년 7월
극동 아시아 한반도의 날씨는 장마철
3호 태풍 에위니아가 남해안으로 올라
날카로운 발톱으로 내륙을 할퀴고 지나더니
4호 태풍 또 몰아치고
이제는 집중 폭우로 마구 때린다
산사태, 교통 두절, 농가 박살, 인명 피해……


그 가운데 여전히 수심(獸心)의 무리들은
온갖 술수와 음모로 춤을 춘다


저희들이 한 약속은 헌신짝처럼 던져버리고
골목대장 철부지는 일방적으로 발가벗으라 윽박지르고
조무래기 북녘은 거기 맞서 허세를 부리니
촌놈 사무라이는 야스꾸니에 참배하며 선제공격 운운
이다


그래 이 땅에 봇물 터지고 전쟁 나면

죽는 건 누구인가
그 불벼락, 물벼락은 누가 맞는가


미시시피의 여우, 대륙의 곰,
한대(寒帶)의 이리, 천방지축 원숭이
정말 그들이 평화를 원하는가
정말 그들이 갈라진 한반도의 하나 됨을 바라는가
조무래기 남북의 기상도(氣象圖)는
오늘도 앞길 막막한 장마철이다

_2006년

# 아버지

눈을 감는다
깡마른 단구(短軀)의
아버지 모습 떠오른다
이승을 떠난 지 이미 반백년 된
아버지
막노동 미장이 일
지치고 지쳐 독한 술로
한(恨) 푸시더니
일본놈 망하는 꼴 보고 죽으리
일본제국 만세를
'망세(亡歲)'로 부르셨다는
무학(無學)의 아버지
첫눈 오는 조용한 산촌에서
오늘 왜 그런지
그분이 그립다

_2000년

# 어머니여

아름다운 손
당신 거칠고 검은 손
주름진 얼굴에 쏟아지는 햇살이
차라리 사치하구나
어머니여
아무것도 바라지 않는 대지
이 땅의 어머니여
돌아오지 않는 아들과
하염없는 꿈 기다리며
오늘도 땅 일구며
홀로 지키는 이여
내 조국의 어머니여

_2001년

# 아, 불통의 하느님 들으소서

음산한 거리 붐비는 인파 속
어디선가 종소리 들린다
시린 몸 움츠리며 그 소리 쫓아가
검은 냄비 안에 부끄러운 푼돈 넣는다
붉은 옷의 종치기 두분
웃으며 허리 굽힌다

불통의 높은 의자에 앉아
불통의 뜻 모를 말씀만 연발하는 그이들은
정녕 안녕하신가
안녕하지 못한, 가난한 시민들은
주림과 추위에 떨면서도
냄비에 온정을 쏟는다

아, 하느님
창조의 하느님
구원의 하느님
왜 이리 춥습니까

불통의 하느님

가슴에 찬바람 일며

아니 분노의 불꽃으로 몸을 달구며

저 거리에서 외치는 이름 없는 백성들의

함성을 들으소서

_2013년

# 기상도(氣象圖)


바늘이 거꾸로 돌고 있다
이상 고온으로 무더운 가을날
2008년 한국의 하늘 밑
시곗바늘이 일제히 거꾸로 돌고 있다

어디선가 실성한 듯
거대한 손들이 춤을 추며 웃고 있다
무리들은 그들만의 기쁨에 겨워
바늘을
역사의 수레바퀴를 거꾸로 돌리고 있다

어둠은 허리케인을 타고
태평양을 건너와
이 땅에도 몹쓸 비바람을 뿌린다

만나야 할 사람들의 거리는
더 멀어지고
우리들의 사랑은

몽땅 미분양이다

_2008년

# 이름 짓기

첫아들을 얻었을 때
그 이름을 일구(一求)라 지었다
오로지 뜻을 세워
정의로운 길 선한 길
그 한길과 큰 것을 구하라는 의미였다
둘째 아들을 낳았을 때
그 이름을 민구(民求)라 지었다
꺼져가는 이 땅의 민주주의를 구하고
민중 곁으로 가라는 내 욕심
염원을 담았다
첫 조카를 보았을 때
그 이름을 중구(衆求)라 지었다
이름 그대로 민중
그들과 멀어지지 말고 찾으라는
간절한 기도였다
셋을 합하여 일민중(一民衆)
오로지 민주의 불씨 되찾고
큰 무리 민중의 힘 보였으면 하는

70년대의 내 소망이었다

_1997년

# 유월

마을은 황량
모두들 어디 갔나
밭 갈고 씨 뿌리는 사람들
싱싱한 유월은 익어가는데
이제 여기에선 아무 일도
일어나지 않는다

구름과 바람
햇빛의 합창
풀과 나무 자라는데
사람의 마음이 없구나

익숙한 일꾼
힘찬 젊은이들
누구도 눈뜨지 못하고
하늘의 축복은 버림을 받는구나

차라리 먹장구름 몰려와

천둥번개로 휩쓸어버려라

황량한 마을

눈뜨지 못하는 마음

_1977년

# 비가 내린다

충충한 층암의 벼랑에서
의미를 잃은 언어
고단한 잠 속에
그것은 거대한 죽지를 벌리고
검은 그늘로 덮여온다
우리 생명의 광맥은
어디에 숨어 있나
가위눌려 허덕이다 깨어보면
무심한 천장에 번진
어쩌면 독버섯 같은
어쩌면 미소 같은
빗물의 무늬
모반의 물결에
갈리고 닦이어 오수(午睡) 중인 시민의
조약돌이 찾고 있는 것

승리의 깃발 없는 깃대에
어둡게 나부끼는

잃어버린 심층의 언어,
녹슨 유자철선 속에서
언젠가 형제가 찾아 헤맨
애증의 인간 동산에
비가 내린다
시민의 고단한 잠 속에
그 비는 내린다

_1969년

# 어떤 일기

1
비가 내리고 있네요
내다보는 창밖뿐 아니라
미역 내 싱그러울
내 고향 어촌에도
이 비는 내리고 있겠지요

아, 꿈에도 못 잊을
그 고향엔
지금도 찌그러진 판잣집 아래
내 늙으신 어머니의 한숨만이
흐린 전등갓을 맴돌고
어린 동생은
새벽장에 들고 나갈
목판을 챙기고 있겠지요

총총한 별 박힌 우물에서
두레박에 내일을 떠올리며

혹시나, 돈 벌어 돌아올까
이 못난 누나도 떠올리겠지요


2
오늘도 번잡한
서울의 어느 변두리
한칸도 채 못되는 게딱지 방에서
먼지 뒤집어쓰고
꼭 고향의 바다 냄새 같은
지지리 못난 궁상들의 땀내 맡으며
손 트고 발 붓는 고된 일과 속
환장하게 가고 싶은 고향 그리는
숙련된 재봉공

_1976년

# 풍문

2002년 5월
'망했어요'
길거리의 신발장수 팻말
무엇이 망했는지
무조건 운동화 두켤레에
만원이란다
'망했어요'
미국의 국제무역센터 빌딩
비행기 두대의 자폭으로 박살 나
온통 야단법석이더니
세계 최빈국의 하나
아프가니스탄의 탈레반이
온통 쑥밭으로 변한 국토와 더불어
그만 망해버렸구나
정말 큰일이다
'망했어요'
북쪽의 금강산댐이 새고
무너질 줄 모른다고

시끌벅적이더니
남쪽의 여기저기서
툭툭 뭔가 터지고 무너지고 불거져나와
목불인견이다, 가관이다
헌데 그것을 욕하는 분들의
입에선
왜 또 그렇게 냄새가
심한 구린내가 나는지
정말 누가 망하나보다
새 질서 찾아
망하나보다

_2002년

# 풍경 2
### 양평의 허수아비

논 가운데 남루를 걸치고 서 있던
내 아는 허수아비는 외롭지만 정다웠다
그런데 지금 여기
떼 지어 서 있는 요란한 옷차림의
허수아비는 귀신 같구나
언제였던가
강제로 동원된 장정들이
서로 총 겨누며 연출했던
비극처럼
허수아비들은 울고 있었다
참새들도 떠나고
들판은 텅 비어 있었다


* 양평군에서는 가을이면 허수아비 축제라는 문화행사(?)를 열고
있는데 어쩐지 을씨년스럽다.

_2002년

# 풍경 3
억새풀 소리


억새풀 몸 비비며
흐느끼는 가을 들판 위에
하얀 낮달이 울고 있다
철조망 안에서는
날카로운 쇠줄 소리
지뢰밭에서는
요란한 폭음 소리
한숨 소리 눈물 소리
그 산정(山頂)에는
신음 소리
신음 소리
억새풀 흐느낌에는
소리도 많다
서러운 소리도 많다

_2002년

# 유해조수(有害鳥獸)

그들의 먹이
그들의 살 곳을 모두 빼앗은
인간들이 그들을 유해조수란다
개발이라는 이름으로
강산을
들판을 온통 파헤치고
제초제, 농약 마구 뿌려대고
그들은 어쩌란 말인가
인간아, 인간아
아, 눈먼 인간아
그들은 뭘 먹고
어디서 살란 말인가
유해조수
그들의 눈에 비친 인간들
너희가 유해조수다

_2001년

130

# 인사동 아리랑 1

비

인사동을 걷는다

스산한 경인년 여름, 비는 멎지 않았다
찻집 〈귀천〉의 주인 목순옥 여사도 떠났다
그녀는 거기 하늘나라에서
그리운 천상병 시인 만나
이 세상 소풍 끝내고 아름다웠다고 말하였을까

세월의 이끼 낀 인사동을 걷는다

흐르는 세월처럼
눈물처럼
비는 멎지 않는다

_2011년

# 인사동 아리랑 2

황혼


붐비는 인파 속에도
내가 찾는 이는 없다
오늘도 인사동 걷기는 허전하다
추억처럼 불빛이 켜지고 있다
열이 오르며 목이 마르다
잃어버린 불모의 사랑이 허공을 맴돈다
어딘가 전화라도 걸까
눈시울만 시큰할 뿐
휴대전화를 만지는 손가락은 뻣뻣이 움직이지 않는다
종로 쪽 멀리 남산이 다가오고
차츰 어둠의 장막도 깔린다
나 이제 또 어디론가 돌아가야 하리
그이의 아지트였던 찻집 〈보리수〉도 없어졌다
진공의 거리
어디선가 그리운 이들 목소리 들리는 것 같다
돌아가리
돌아가리
그런데 이 끝없는 외로움은 무엇인가

풀리지 않는 눈물의 의미와 그리움은 무엇인가
기다리고 있을 밤의 공동(空洞)이 두렵다

_2011년

# 인사동 아리랑 3
조락(凋落)


망팔(望八)의 백수 셋이
실로 몇년 만에 만나
수입 동태로 끓인 매운탕을 떠먹으며
지나온 세월을 이야기한다

불면 쓰러질 듯한
고등학교 교장 출신의 골골 영감은
연신 화려했던 젊은 날을 회고하며 희미하게 웃는다
오래전 심근경색으로 수술을 받았으니
그 신나던 주유(酒遊)와 여인 편력을
회상이나 할밖에……

유명한 S대 출신의 전직 교사는
그 비상한 두뇌는 여전한데
온몸의 관절이 아파, 견디다 못해
몇번이나 자살을 하려고 했노라고 푸념이다
마누라가 대장암 수술을 받고
자기는 이제 겨우 통증에서 좀 벗어나

134

이렇게 조금씩 나다닌다나……
그래도 그 맛 못 잊은 듯 백세주 한병 시켜 권하며
훌쩍거린다

많은 세월이 흘렀다
그의 형이 내 중학교 동창이다
그 지겨운 전쟁에 끌려나가 행방불명이 된
그와 나는 친한 친구였다
생각도 하기 싫은 이념의 회오리바람에
영문도 모르고 휩쓸린 쓰라린 지난날
그와 내가 겪은 비극적 소사(小史)다

그가 지난해 떠난 내 아내의 부음에 결례했노라고
새삼 눈을 붉힌다
자리도 지루하고, 셋이 다 숨이 가쁘다
후일을 다시 기약하고 헤어진다
밖은 아직도 훤하다

_2010년

# 인사동 아리랑 4

황무지

늘 다니던 길인데
갑자기 물감을 뿌린 듯
내 눈에는 이상한 필터가 걸린다
동서남북이 분별되지 않는다

그이가 떠난 여기는
스산한 여기는
내 마음의 황무지

가면을 쓰고
물구나무선 이들이 다가온다
그리운 이름들이 나비처럼 춤을 춘다
황혼을 마신 이들이 흐느적거리고 있다
갈 길 잃은 내가 헤매고 있다

_2011년

# 인사동 아리랑 7
유목민 이야기

날이 저문다
해가 저문다
골목길의 모습이
기우는 낙일에 젖어 낯설다
갑자기 붐비는 인파, 시끄러운 소음이 멎고
홀로 그 길을 가고 있다
이 황무지, 사막의 유목민들은 모두 어디 갔나
갈증을 풀던 그늘, 오아시스는 또 어디 갔나
문득 거기 찻집 〈귀천〉이 보인다
혀 짧은 소리로 부르던 천상병,
그의 부인 목순옥,
허름한 옷차림에 허름한 바랑 짊어진 민병산 선생,
4·19의 뛰어난 시인이며 그의 절친한 친구 신동문,
삐딱한 헌팅모, 멋진 홈스팡 영국풍 신사 차림의
방송작가 박이엽,
그이들이 거기 앉아 있다
움직임이 없다
슬프다

정물화된 골목을 벗어나
큰길로 나서는데
쭈그러진 모자에 카메라를 든 유목민 한 사람을 만났다
그 옆에 개량 한복의 예쁜 사진작가가 웃고 있다
이 삭막한 인사동의 길잡이 부부
막힌 가슴이 뚫린다
소음이 들리고
정물화된 풍경이 움직인다
다시 한 세월은 가고
나는 또 그리운 이들을 찾아 이 거리를 헤맬 것이다

_2011년

# 외옹치항(港) 소묘

지친 몸 쉬리라
찾아온 동해 외옹치항 청이네집
바닷가 비닐 술청에 앉아 잔 기울인다
갈매기 무심히 날고
파도 소리는 거칠어진 마음 달래주는데
막소주 막장 떡마름회
먼 수평선은 안개비에 흐려 보이지 않고
바쁜 주모는 웃지도 않는다

_2003년

## 소묘 3
### 휴림(休林)에서

노령산맥 축령산
산마루에 달이 뜬다
언젠가 낙원을 꿈꾸며 저 능선을 따라
산을 넘던 이들은 모두 어디로 갔을까
환한 하늘 저만치서
쫓아올 듯
달아날 듯
별 하나 웃고 있다
휴림산방(休林山房) 툇마루에 나와 앉은
백수 세 사람
복분자 붉은 술잔에 푹 빠져 있다
잔물결 이는 달빛 속에서
세심세심(洗心洗心)
항아(姮娥)가 예쁘게 눈을 흘긴다

_2009년

# 꽃 속에 들어가

꽃 속에 들어가 창을 연다
초가을 별빛이 차갑게 스며들어, 꽃 속은
낙엽과
전쟁과
미소와
그리하여 온통 떠난다는 얘기로만 가득 찬다

창을 닫는다
언젠가 이웃하던 낱낱의 모습들이 어둠을 타고,
혹은 피할 수 없는 애증을 강요한다

내 안에는 이미 순색을 잃은 피가 그것들과 엉겨서
꽃 속을 흐른다
문득 가지 끝에는 영혼과 헤어진 감동이 눈을 뜨고,
시야에는 이웃하던 낱낱의 모습들이 다시 형체를 이루어

나는 꽃을,
꽃은 꽃병을,

꽃병은 나를……

자꾸 생각은 뒤만을 좇는다


―꽃 속에 들어가 꽃을 꺾는다

_1963년

# 용인을 지나며

내 것이었던 땅은
남의 것 되어
철조망 안
알 수 없는 농원의 돈벌이 터 되었네
잘 닦인 국도변 나무에는
무엇을 지키는가
무서운 박제의 사자
그도 언젠가는 듣겠지
쫓겨난 무리의 피맺힌 소리
언젠가는 알겠지
주린 자들의 배고픔
오늘도 아름다운 한국의 하늘
흰 구름만 무심히 흐르고
그의 마음은 여기에 없네
모든 사람다움이
차디찬 외제 불도저에 허물려
묻혀버린 용인벌
밭 갈고 씨 뿌리던 사람들은

목쉰 소리
지친 발길로 어디로 떠나고
허울 좋은 기업농의 임자가
제 사후(死後)의 무덤까지 마련했다는 이곳
그러나 그의 마음은 여기에 없네
여기에 없네

_1976년

# 비명

중부고속도로 경안 인터체인지를 나와
퇴촌으로 가는 팔당호수 다리 곁에
불쌍한 버드나무들이 줄지어 서 있다
머리 몽땅 잘려
흡사 추상 조각만 같다
그래도 여름에는 필사적으로 가지를 뻗고 잎을 피운다
끈질긴 생명
자연 회귀의 놀라움
있는 그대로
그대로 자라게 두면 어떤가
버드나무는 버드나무의 생명
버드나무의 자유 있지 않겠는가
나무 목 자르는 인간들의
자멸상(自滅像)이 호수 위에 어린다

_2002년

145

제4부

광장에서

# 물은 하나 되어 흐르네

## 1

노을 비낀 유연한 강물에
네 짧았던 생애가
눈물로 피는데
아이 노는 강둑에
낙엽이 진다
사랑도 간 스산한 계절

## 2

너는 사자였지
아니, 호랑이였지
여린 한국의 창호지에서
시정으로 뛰쳐나와
눈 부릅뜨고
발톱 날카로운
사납지만 착하디착한 호랑이였지
못난 놈
잘난 놈

보다 못해 뛰쳐나온
한국의 호랑이였지

3
물이야 막힌들 못 흐르랴
잠시의 고임 뒤엔 넘쳐서 흐르지
영산 낙동 금강
한수 살수 두만 압록
막아도 막아도 물은 넘치고
물은 하나 되어 흐르네

_1983년

# 오늘은
### 숲속에 눕는다

끊임없이 학대받으면서도
사철의 험한 길 이기고 돌아와
여전히 푸르고 싱싱한
저 숲에 가
오늘은 눕고 싶다
누워서 나 또한 한낱 자연이고 싶다
눈 감고 누워서 먼저 가신 이들의
쓰라린 사연
그리운 모습 그리며
조용히 울고 싶다
막힘없이 부는 훈풍이
이 상처 입은 가슴의 멍울 풀어주려나
고요히 눈물 흘리고 싶다

학대받고 갈라진 이 겨레
이 강산의 내일을
나의 눈물
당신의 눈물

우리들의 눈물로 씻고 쓰다듬고
치유하여
승리의 내일을
저 생명의 숲 나무들 사이로 보이는
하늘에 걸고 싶다

_2011년

# 송년열차(送年列車)에서

저무는 역사(驛舍)는 무척 추웠다
대합실의 TV에서는
줄기세포의 영웅 실추 사건과
과잉 진압으로 숨진 농민 시위대의 슬픈 소식
폭설, 폭설에 우는 사람들
사학법 통과로 시끄러운 몰골들
보상금이 적다고 소리치는 신행정도시 토지 수용자들의
아우성 소리 들린다
시청석(視聽席) 앞자리는 여전히 노숙자들의 몫이다

이윽고 기차는 떠나고
캄캄한 밤의 강물에
한해의 별빛마저 잠긴다
온갖 추문과 일그러진 초상들 흘러간다

문득
아득한 이라크에서, 이란에서, 아프간에서
고비사막 넘어 황사를 타고 초연(硝煙) 냄새 풍겨온다

미시시피를 흐른 물이 멕시코만으로 흘러
중남미 일곱 나라가 좌파 정권으로 물들었다는 소리 들
린다


을유년 한해는 종점에 다다르고
이윽고 병술년 새해가 밝는다
우리들의 사랑이, 희망이 뜬다
아우성, 추문, 냄새……
모두 사르고, 불타는 사랑 떠오른다


병술년이여,
오라, 우리들의 사랑이여, 희망이여!
백두에서 한라까지
어서 오라, 평화여, 자유여!

_2005년

# 찢긴 깃발의 노래

악몽을 꾼 것 같은데
두통은 여전하고
귓전을 때리는 바람 소리에 섞여
그 소리는 지워지지 않는다
"아, 아프다, 아파!"
"돌려다오, 내 청춘, 무참히 묻힌 내 꿈, 내 사랑!"
어디선가 멀리 가까이서 들린다, 침침한 무덤 속에서
무슨 전선을 타고 오나
들리고 들린다
어두운 땅속, 광장의 아스팔트 밑
그 우렁찼던 자유로의 함성
찢긴 깃발
수만의 촛불 꺼지고
지금 무슨 소리인가 핏빛 항쟁의 자국만 남고
내 사랑은 또 어둠에 묻히는구나
그날, 밝기도 전에 묻힌 그 어둠을 잊지 말아야지
어서 그 나락의 심연에서 기어나와 새 길을 열어야지
동지여!

분명 악몽을 꾼 거다
밀치고 일어나 다시 부르자
우리들의 노래, 찢긴 깃발의 노래
사랑의 노래, 자유 정의, 해방의 노래

_2013년

# 새해
갑오년


사나운 청말 타고
새해가 밝았다

문득 추운 하늘에서
피눈물 내린다

불통과 독선, 오만에 치를 떨던
한 젊은이의 분노가
불꽃으로 승천하여
투명한 피눈물로 내린다

안녕하지 못한 숱한 염원들이
핏빛으로 새해 구름에 깔려 있다

_2014년

# 어떤 추상화

아직 다리는 놓이지 않았다
섬과 섬들은 여전히
멍든 가슴을 치며 외롭게
구원을 기다리고 있다

능욕당한 촛불이
침울한 하늘에 걸려
노을로 불타고 있다

까마귀떼가 날며
사방에 무수한 눈들이 노려보고 있다
숱한 귀들이 엿듣고 있다

그들은 어디로 갔는가
안타까운 숨소리만 남고
거리에는 통곡의 어둠이 깔린다

안개 낀

고공에서
창고에서
농장에서
어선에서

섬과 섬들은 여전히
목이 터져라 아우성치며
구원을
자유를 기다리고 있다

_2008년

# 폐원(廢園)의 봄

먼 기억의 창문에 문득 등불이 켜질 때, 내 마음속 깊은
현상의 폐원에도 찬 눈이 녹고, 봄은 가늘게 실눈을 뜬다

흘러내리는 시냇물 소리
방긋이 입 여는 꽃 트는 소리
어디선가 분단의 초원도 이어질 듯한 소리, 소리……

녹슨 철길 따라 거니는
한마리 꽃사슴은 오늘도 고독하지만,
그 긴 목줄기 뽑아
동서남북 사방
막힌 데 없는 고향의 하늘을
우러른다

이윽고 가지에는
꽃 피고 열매 맺고
녹음도 우거지겠지

파란 하늘

폐원의 봄

눈 속에 담고 슬픈 꽃사슴

언제 타오르는 불사조 되어

막힘없는 고향의 하늘을 날으나!

_1971년

# 부활

오래간만에 산을 오릅니다
축축한 땅 밑에서 부활의 소리 들립니다
잃어버린 희망의 노래도 들리는 듯합니다
하늘에 뜬 흰 구름 한점, 외롭습니다
쳐다보면 눈물이 납니다
그렇게 덧없이 침몰한 숱한 노을 속의 어제가
우리들의 소망, 촛불의 사랑이 다시 보이는 듯합니다
그렇습니다, 질곡의 밤은 결코 길지 않습니다
나뭇잎이 흔들립니다
어디선가 들립니다
따뜻한 이웃의 사랑이 꺼진 불 다시 켜고,
굳게 손을 잡고 이어진다고 속삭입니다
갈라짐과 헤어짐은 결코 영원하지 않습니다
꼭 다시 이어지고 밝고 따뜻한 그날은 옵니다
부활의 봄은 꼭 옵니다
나뭇잎이 흔들립니다
축축한 땅을 밟고 나는 산을 오릅니다

_2013년

# 조선의 소나무

숲속에 길이 있다

건강하게 곧게 자란 붉은 껍질 소나무
조선의 소나무
무리지어 바람막이 검은 껍질 소나무
조선의 소나무
백두대간 대관령의 소나무는
오늘도 해 뜨는 곳
오늘도 바람 불어오는 곳
아직도 갈 수 없는 곳 바라보며
바라보며 길게 목 빼고 있다

숲속에 길이 있다
길이 보인다

상수리, 생강나무, 구상나무, 자작나무, 느티나무
느릅나무, 층층나무, 잣나무, 은행나무……
진달래, 개나리, 찔레, 철쭉

쑥부쟁이, 개미취, 감국, 구절초……
할미꽃, 산목련, 제비동자꽃, 은방울꽃
며느리밥풀, 홀아비꽃대, 매발톱, 금강초롱……

어느 아침 한꺼번에 들고일어나
합창하리      ·
길이 보인다 대합창하리

숲속에 길이 있다
곧게 뻗은 길이 있다
바람 불고 해 뜨는 곳 길이 보인다

조선의 소나무는 외롭지 않다

_2003년

# 대학로

삐걱거리는 학림다방 층계를 올라
60년대의 추억을 곱씹으며 차를 마신다
온갖 회한이 서린다
이미 고인이 된 친구
혹은 기다리지 못하고 떠난 사랑
세월은 주마등
이제는 종착점도 보이는 것 같다
문득 창밖
대학로 아스팔트 밑에서
함성이 들린다
뜨거웠던 4·19
재를 뿌린 5·16
그리고 거기 감연히 맞선
70년대, 80년대의 함성
우렁찬 고함 소리
아직도 답답한 이 가슴의 응어리는 무엇인가
대학로의 날이 저문다

_2000년

# 아직도 빈손

그대 여린 꽃송이로 피어
눈에 어린다
두 손 모아 살포시 떠보면
아직도 빈손
그대는 없다
산자락 휘돌아 감은 길
그 오솔길 따라 올 것만 같은 그대
가슴 미어지도록
그리운 이여
이제는 수묵화로
유화로
아니, 크레파스로 오라
오라, 하나 된 조국이여

_2001년

# 풀씨

풀씨 하나 날아
자연이 산다
풀씨는 바람을 타고
거침없이 난다
날다가 물에 뜨면
물 타고 가고
담 넘어 어느 집 뜨락
혹은 다람쥐 고라니 산새
깃들여 사는 산야(山野)
철조망 넘어 북에도 남에도
거침없이 날아가 앉는다
막힘이 없다
풀씨 하나 날아
자연이 산다
더럽히지 말라
이 맑은 물 맑은 공기
맑은 마음

_2000년

# 기도

이 강산에 걸쳐진 남루가
차라리 자랑스럽게
백두 묘향 금강
설악 태백 소백 북악 지리
한라가 한데 모여
역사의 때 묻은 남루가
차라리 자랑스럽게
새롭게 하소서
저희들 어리석어
아직도 남루의 뜻 모르오니
그저 진하게
진하게 사랑하고 사랑하여
이해엘랑
제발 자랑스럽게
새롭게 새롭게 하소서

_1983년

# 아침

아가의 빛나는 눈에
아침이 맑게 이슬을 드리우면
아빠는 다시 힘을 내어 일터로 가네요
고사리손 눈에 암암 흔들리는 기쁨이
어두운 콘크리트 벽에도 함빡 웃음꽃을 피우네요
비록 엎어진 활자처럼
아빠의 붓끝 하나로 쉽게 고쳐지지 못하는
멍든 인생이지만
아가의 웃음, 빛나는 눈에
해와 달이, 별이 담기고
꿈결 같은 세월이 흘러
아빠는 늙어도
아빠는 기뻐요

언젠가 서본 시골길 갈림길
달구지 지난 자국에 숱하게 피었던
들꽃의 의지로
아가와 아빠는, 오늘은 하나예요

아니, 내일도 모레도 하나예요
자라고 시드는 일
그 모두가 하나예요
꽃잎에 반짝이는 이슬이
아가의
아빠의 눈에 머무는 아침

_1969년

# 한강은 흐른다

나 어릴 적 놀던 한강에는
상류 살곶이다리 쪽에서 흘러오는 물과
광나루 쪽에서 흘러오는 물이 합쳐지는
합수머리에
무수막 한강이며
두뭇개 한강이라는 이름으로 불리는
물 흐름이 있었다
여름이면
우리는 거기서 벌거벗고 멱을 감고
텀벙거리며 칼조개를 줍고
아저씨들의 신기한 낚시질이며 자맥질도 보았다
건너편에는 나룻배를 타야 건너갈 수가 있었는데
거기는 주로 참외밭, 수박밭이 차지하고 있었다
거기가 지금은 강남이라는 불야성의 도심이다
물만 흐르는 것이 아니다
세월도 흐른다
함께 놀던 친구들은 소식을 모르고
낚시질 자맥질하던 아저씨들은 거의 이승을 뜨셨다

흐르는 강물 양쪽에도 흉한 시멘트 구조물과
파충류 같은 차의 흐름만 요란하다
강변의 백사장도 없어지고
천진하게 뛰놀던 벌거벗은 동심도 웃음소리도 없다
아, 한강이여
어릴 적 나의 놀이터
겨레의 젖줄이여
나의 한강이여
이제는 그 청정의
부활의 노래를 불러라

_2008년

# 세수(洗手)


흔들리는 수면 가라앉는다
거울이다
거울 저편에 길이 있다
오는 길인지 가는 길인지 아득하다

문득 한 사람 뒤돌아서 멀어져간다
깡마르고 왜소한 그이는
분명 아버지다
고아로 자라 평생을 외롭고 험하게 살다 간
그이
왜소하지만 꼿꼿하고 올곧던
아버지
분명치 않은 그 길가에
이름 모를 들꽃 송이 피어 있다
하얀 소복의 나이 든 여인 한 사람
망연한 눈길 석양에 던지고 기도하고 있다
가난한 집안 살림 지탱하기 어려워 행상을 떠나며
약석의 효험 없이 이제 곧 떠나갈 것만 같은

병약한 아들의 회복을 새벽마다 기도하던
어머니
사랑, 사랑만 가르치고 떠나신
그이
그이들 떠난 자리에 적막이 감돌더니
외로운 소나무 한그루 서 있다
그 가지 끝에 남은 잔설 몇송이
파르르 날리며 떨어진다
삼년 전 먼 이국에서 외롭게 이승을 등진
누님
그 모습 보이더니 멀어져간다
언제나 젊고 아름다워 보이던
그이

흔들리는 수면 가라앉는다
거울이다
거울 저편에 길이 있다
오는 길인지 가는 길인지 아득하다

그이들이 떠나고 손을 씻으려는데
한 사내 그 길을 거슬러 오고 있다
창백한 그가 빙긋 웃는다
어색한 웃음의 어딘가 낯익은 그
그가 손을 흔든다
수면이 흔들린다
거울이 떨리며 깨진다

아, 환한 봄날 아침
쓸쓸한 내가 서 있다
부엌 쪽에서 분주한 아내의
아침 준비 소리 들린다
오늘은 부활절 주일 아침
창밖에는 봄비가 내린다

_2008년

# 큰 별 하나

사나운 바람 불고
어둠 깔려 길을 잃고 헤맬 때
큰 별 하나 떠
갈 길 가르쳐주었네
무법의 무리가 철권으로
자유를
정의를
사랑을
앗아갈 때
목숨 걸고 싸워
우리 갈 길 가르쳐주었네
그대는 민중의 큰 별
희망의 등불이었네
사지(死地)에서 기적처럼 일어나
이 땅에 생명의 불길 열어주더니
아, 어인 일인가
또다시 사나운 바람 불어
우리 꿈의 두 등불 일시에 꺼지고

아집으로 똘똘 뭉친 혹세의 무리들이
사리(私利)의 삽질이구나
우리 울지 말자
망설이지 말자
우리 다시 촛불을 켜자
우리 다시 큰 별 하나
저 캄캄한 하늘에 띄우자

_2009년

# 오월, 바보새에게

싱그러운 오월이 울고 있다
초록빛 넘치고
초록 물빛 흘러라
흘러라
흘러 흘러서
이내 먹물 가슴 씻어내리고
어둠에 밀려 피멍 든
염통 숨통 비비고 쓸어내리고
이 타는 목마름
온 산하여 물들어라
초록은 평화다
생명이다
희망이다
온 겨레 갈라지는 아픔을 삭여라
초록 물빛 흘러라
흘러 흘러서
부러진 날개로 비상한
바보새여

죽음으로 바꾼
병든 민주주의의 회로여
생명으로
희망으로
평화로 물들어라
온 겨레 피눈물로 닦고 닦아
새날을 맞으라
생명의 부활을 다시 맞으라

_2009년

# 분수

고 장준하 선생 영전에

짓밟힌 잔디에 새순 돋는다
어둡고 축축하던
그 승리 없던 땅에
지금 새순 돋는다
동에서
서에서
남에서
북에서
누구도 막지 못할 꽃향기로 불어오는
자유의 계절풍이
끊어진 허리의 이음을
우리들의 대화를
사랑을
그리고 용서를 빌고 있다
그렇다, 용서!
죄 없는 자는 죄지은 자를
죄지은 자는 죄를……
용서를 빌고 있다

일찍이 동학의 해에서

3·1로

8·15로

4·19로 이어지던 그 길은

축축한 땅의 함성으로, 불기둥으로

스러졌지만

무너진 성터

오솔길 가의 들꽃

가난한 백성들의 거름으로

지금 새순 돋는다

숱한 통금의 밤바닥을 지나

여린 꽃의 의지는

시방 다시 솟아오르리니

형제여,

불의에 우는 형제여,

십삼도의 축축한 땅

지각을 뚫고 치솟는 겨레의 새순을 맞으라!

_1974년

## 당신이 그립습니다!

선생님! 민병산 선생님!
후학들이 차리는 회갑연 마다하고 그 전날 밤
황급히 이승을 뜨신 선생님!
초청장을 보여드렸더니
"꼭 부고장 같구먼."
그러셨다면서요
세상 범사를 귀찮게 여기시고,
무소유를 철저히 실천하셨던 선생님!
바람처럼 맑은 공기처럼 살기를 원하셨던 당신답습니다
괜한 짓들을 한다고 떠나신 것이지요

인사동에 나가면 지금도 어느 길목에서
훌쩍 당신을 뵐 수 있을 것만 같습니다
건물과 분위기는 변해도,
선생님 다니던 그 골목, 그 찻집들은 여전합니다
당신 따르던 후학들의 그리움도요

제 서가에는 선생님이 이따금 사다 주신 귀한 고전들이

아직도 꽂혀 제 눈을 아리게 합니다
일어로 쓰인 똘스또이, 괴테 전기, 삼국지, 수호전,
미야모또 무사시, 하기하라 사꾸다로오 시집 등……
세기 벅찰 정도입니다
벽에 걸린 당신이 써주신
분방한 청구자체(靑丘子体) 서예 글씨도요

이제는 신동문, 천상병 시인,
그 뒤를 따라 박이엽 형도 떠났지요
하늘나라 그곳에도 관철동, 인사동 같은 곳이 있나요
〈전원다방〉〈누님손국수〉〈귀천〉 같은 모임의 장소가 있
나요
거기서 여전히 선생님의 철학 이야기는 계속되고 있나요
당신의 바랑에서는 여전히 그 묵향 그윽한
당신만의 서예 작품이 쏟아져나오나요

9월 20일, 선생님의 기일을 앞두고
선생님, 당신이 그립습니다

헌팅모 삐딱하게 눌러쓰시고
허름한 옷차림에 허름한 바랑 어깨에 걸치신
당신의 모습이 보이는 것 같습니다

선생님!
민병산 선생님!
당신이 그립습니다

_2008년

# 꺼지지 않는 불꽃

지겨운 한해, 병신년이 가고 있다
숱한 염원으로 타오르는 혁명의 촛불은
들불로 번져 마침내 횃불로 타오르는데
나는 왜 이렇게 목이 마르고 우울한가

교활한 탐욕의 무리들은
여전히 어둠속에 숨어 사나운 눈알 굴리며
배신의 칼을 갈고 있다

그러나 어둠속에 준동하는 탐욕의 무리들아 들어라
배신의 바람이 불어도
촛불은 꺼지지 않는다
저 침침한 바닷속 어둠에 침몰한 배 안에서도
가슴 치는 횃불로 촛불은 거칠게 타오르고 있다

그러나 음흉한 무리들아 들어라
궁지에 몰리면서도 여전히 발버둥치는
야차의 무리들아 들어라

촛불의 진실은 불멸이다

진실은 침몰하지 않는다

거센 바람에도

아니, 천길 바닷물 속에서도 꺼지지 않는 진실이다


우리는 무릎 꿇지 않고 앞으로 나아갈 것이다

천만의 함성으로

불멸의 진실, 물속에서도 꺼지지 않는 촛불을 들고……

_2016년

# 광장에서
2017년 겨울

지난해 겨울의 이야기다
"머릿수나 채워야지."
그때 배추와 나는 주말이면 어김없이 만나
광장으로 갔다
그냥 집에서 죽치고 있으면 뭔가 죄짓는 것 같고
피가 끓어서 광장으로 나갔다
이윽고 켜지는 촛불이 그렇게 따뜻할 수가 없었다
작가회의 깃발 아래 열기어린 젊은 문우들 사이에 끼어
기웃거리며 인사를 나누었다
그들은 그런 우리를 크게 반겨주었다
"박근혜 퇴진!"
"탐욕과 적폐의 무리 물러가라!"
목이 터져라 외치며
열기가 고조되면 그들을 따라 노래도 부르고,
이따금 시 낭독도 함께 했다
펼침막을 길게 펼쳐놓고 오윤의 '칼 노래'
이윤업의 다양한 목판화를 깔아놓고,
시민들의 그림 참여를 유도하던 〈미술행동〉의

김준권, 김진하, 유연복 등 여러 작가들을 찾아 체온도 나
누고,

　　추위에 지치면 청진옥으로 달려가 소주잔을 나누고 기울
이고,

　　세종회관 지하 찻집에 가서 투사 백기완을 만나 차를 마
시기도 했다

　　광장의 거리, 노동판의 투쟁 터⋯⋯

　　거기가 자기가 있어야 할 현장이라며 언성을 높이는

　　백발의 그는 배추와 나의 오십여년 지기 각별한 친구다

　　밖에서는 다시 촛불의 열기가 올랐는지

　　백기완 작시의 「님을 위한 행진곡」이 울려퍼지고 있었다

_2017년

# 봄날은 간다

그대 떠난 지 몇해인가
밤마다 꿈길 열어놓고 기다리는데
그대 좋아하던 들꽃길 다듬고 기다리는데
오늘도 기다리는 그 길에는
어디선가 날아오는 꽃잎만 날려 쌓이고
길은 비어 있다

그대 떠난 후
불현듯 걸려올 것만 같은 그대 전화 기다리며
내 휴대전화는 한번도 전원을 끄지 않고
잠결에도 못 받을까 걱정되어
머리맡에 놓고 기다리는데
어제도 오늘도 전화는 울리지 않는다

요란한 화신(花信)만 분분한 봄날
그대는 내 휴대전화기 바탕화면에서만 웃고 있을 뿐
내 슬픈 봄날은 간다

_2015년

# 산수령(傘壽嶺)을 넘는다

참으로 긴 세월의 고개를 넘어왔구나
굽이굽이 팔십굽이
험하고 눈물 많던 고개, 고갯길
한 많던 굽잇길, 가시밭길
그 길을 이렇게 쉽게 넘다니……
그 많던 동반(同伴)들
아리고 아픈 내 사랑, 불꽃 노을에 타버린
아리고 아픈 내 사랑
따뜻했던 피붙이, 그 친구, 그 여인들
이제는 손 놓고 떠난 이들
그 문 들어서 이제는 꿈의 본향 찾았는가

저무는 노을 속
바람 소리, 새 소리,
훈향어린 나뭇잎 소리는 여전히 아름답지만
험한 길, 눈물 고개, 굽이굽이 그 길은
남은 세월 또 얼마나 남았는가
산수령을 넘는다

친구여, 동반자여, 노을 속 사랑하는 이여
식어가는 손길이나마 잡고 가자
잡고 가자
추우면 달리고
더우면 천천히
이제는 유연한 흐름 타고 흘러 흘러서 가자
우리들의 본향으로
그이들 기다리는 꿈의 본향으로

_2013년

# 천천히 흘러 멀리 가는 강물처럼

염무웅

당연한 얘기지만 시인·작가에게 삶은 그의 문학의 원천이다. 그러나 작품과 인간 사이의 관계가 직접적이거나 단순명료한 것은 아니다. 인간이라는 존재 자체가 들여다볼수록 깊이를 알 수 없는 심연과 같아서, 그 심연으로부터 태어난 문학의 의미를 읽는 일은 언제나 암중모색의 험로를 지나야 한다. 그런데 시인 강민의 문학은 우리에게 너무 겁내지 말라는 청신호를 보낸다. 그의 시는 흔히 말하는 '난해'와는 거리가 멀다.

그러나 강민의 시가 독자와의 소통에 큰 어려움을 겪지 않는 것은 그의 인생이 문제적이 아니었다거나 그가 시에서 자기 삶을 안일하게 다루었기 때문만은 결코 아니다. 도리어 그의 삶의 이력을 살펴보면 그는 어려서부터 너무도 각박한 현실적 고난에 시달리지 않으면 안되었음을 알 수있다. 가난한 집안에서 태어난데다 해방 직후 부친의 별세로 형편이 더욱 어려워져 그는 다니던 중학을 그만두어야

했다. 다행히 훌륭한 선생님을 만난 덕에 복학을 하기는 했
으나, 졸업을 하기도 전에 6·25전쟁이 일어나 그마저 중단
하고 말았다.

강민의 전쟁체험은 더욱 참담한 것이었다. 만 18세의 나
이에 군에 입대한 것부터 심상치 않은데, 최근 그에게서 직
접 들은 바에 따르면, 그는 독서회 회원이라는 이유로 '학
련'이라는 우익 학생 단체에 끌려가 고문을 받다가 이러다
간 큰일 나겠다 싶어 목숨을 건지기 위해 자원입대했다는
것이다. 그가 독서회에 가입한 건 순전히 책을 읽기 위해서
였지만, 독서회라면 당시에는 으레 좌익으로 취급되었던
것이다. 그의 군인생활도 오늘의 통념으로는 상식을 벗어
난 것이었다. 악명 높은 국민방위군에 들어갔다가 굶주림
과 추위로 인해 죽음 직전까지 내몰렸고, 국민방위군이 해
산한 뒤 다시 입대한 공군에서는 대부분의 기간을 영양실
조로 인해 얻은 폐결핵 때문에 공군병원에서 지내야 했다.
군인 같지 않은 군대생활 끝에 그는 피폐하고 병든 낙오병
의 모습이 되어서야 가족 곁으로 돌아올 수 있었다. 휴전
이듬해였다. 그리고 이때부터 그는 학업과 투병을 겸하면
서 이십대의 젊은 날을 보내게 되는데, 바로 이 조건 속에
서 강민의 문학은 출발했던 것이다.

시인 신동문(辛東門, 1927~1993)과 강민은 나이는 대여섯
살 차이가 나지만 전쟁 시기에 국민방위군과 공군에서 거

의 똑같은 군대 경력을 거쳤다. 그들은 공군병원 병상에서 우연히 만나 서로의 문학적 취향을 알아보고 동병상련의 우정을 나누게 되었다. 그런데 두 시인의 문학적 행로는 아주 대조적이다. 공군 사병 신동문에게 주어진 임무는 비행장에서 풍선을 높이 띄워 기상관측 자료를 얻는 것이었다. 이 업무의 물리적 단순함 때문이었는지, 또는 결핵균의 작용 때문이었는지 신동문은 도리어 전쟁이라는 상황적 긴박성과 무관한 어떤 의식의 도취 상태, 말하자면 치열한 내면 탐색과 자기집중에 빠져들었다. 그 의식의 과열 상태에서 자동기술 하듯 창작된 작품이 「풍선기(風船記)」였다. 그런데 4·19혁명 이후 사회생활에 적극 참여하기 시작하면서 신동문은 더이상 시를 쓰기 어려워진 자신을 발견했고, 마침내 문학을 떠나기에 이른다.

반면 투병 기간의 강민에게는 그와 같은 황홀한 자아몰입의 시간은 찾아오지 않았다. 그는 병에 시달리면서도 대학에 적을 두고 문학을 공부했고 선후배 문인들을 사귀었다. 신동문이 열병 앓듯 시를 토해냈던 것과 달리 강민은 시 쓰는 일 자체보다 막연한 그리움의 정서에 사로잡혀 폐허의 명동거리를 배회하는 일이 잦았다.


들녘엔 바람도 없다
그는 이미 전쟁을 잊은 지 오래다

헐리고 피 흘렸어도 항시 피어오르고만 싶은 마음
기(旗)여!

지금은 오후의 바랜 고요가 스미고,
언제였던가
싱싱한 살육의 벌판을 흡사 왕자처럼 휩쓸던 그때는

봄, 여름, 가을,
겨울도 없이
모두 안타까이 죽어간 시간
이제는 높이 우러를 하늘도 없다
그는 제 몸의 중심을 향해 고요한 기도의 몸매를
지속할 뿐이다

―「기(旗)」 전문

　문단에 공식 등단하기 전에 쓰인 작품이다. "헐리고 피
흘렸어도"라든지 "싱싱한 살육의 벌판" 또는 "모두 안타까
이 죽어간 시간" 같은 구절들은 시인이 아직 전쟁의 기억에
서 놓여나지 못하고 있음을 보여준다. 살벌한 군대생활을
벗어난 지 불과 4, 5년이므로 당연한 노릇이다. 그러나 동시
에 이 작품은 그가 자신이 겪은 전쟁의 참상을 정면으로 응
시하고 그 의미를 파고드는 과제 앞에서 머뭇거리고 있음

을 입증한다. "이미 전쟁을 잊은 지 오래다"라든가 "제 몸의 중심을 향해 고요한 기도의 몸매를/지속할 뿐이다"라는 고백은 역사와의 만남을 미해결의 숙제로 가슴속에 감추고 있음을 나타낸다. 문제는 그 망설임이 치열한 내적 갈등으로도 표출되지 않고 있다는 점인데, 어쨌든 이런 미온적 상황에서 다행히 그는 병을 이겼고 이제부터 맞이할 그의 또 다른 전쟁터, 즉 직업전선에 뛰어들 수 있었다.

1957년부터 1990년까지 계속된 강민의 생업은 출판사·잡지사의 편집자였다. 한국잡지기자협회 회장, 금성출판사 편집상무 등의 직책을 거쳐 퇴직한 뒤에는 5년간 스스로 출판사를 창업해서 운영하기도 했다. 그러는 사이 그는 많은 문인들을 사귀었고 때로는 그들을 뒷바라지하면서 밥과 술을 샀으나 정작 자신의 시를 쓰는 본업에서는 여전히 정면 승부를 피하고 맴돌기만 했던 것 같다. 그러나 물론 "잊은 지 오래다"라는 말과 달리 그는 결코 잊은 것이 아니었고 잊을 수도 없었다. 다만, 순간의 불꽃 이후 멀리 사라진 신동문과 반대로, 강민은 자기 인생의 심연을 향해 눈에 띄지 않는 아주 느린 보폭으로 천천히 다가가고 있었을 뿐이다. 그리하여 등단 30년이 지난 뒤에야 첫 시집 『물은 하나 되어 흐르네』를 간행했고, 이를 계기로 그는 좀더 적극적으로 과거와의 대화에 나선다. 가령, 그는 가난이란 유산을 물려준 아버지와 일찍 떠난 남편과 병든 아들 때문에 온갖 고생

을 했던 어머니를 그 자신 노년에 이르러서야 드디어 시에
호출한다.

> 문득 한 사람 뒤돌아서 멀어져간다
> 깡마르고 왜소한 그이는
> 분명 아버지다
> 고아로 자라 평생을 외롭고 험하게 살다 간
> 그이
> 왜소하지만 꼿꼿하고 올곧던
> 아버지
> 분명치 않은 그 길가에
> 이름 모를 들꽃 송이 피어 있다
> 하얀 소복의 나이 든 여인 한 사람
> 망연한 눈길 석양에 던지고 기도하고 있다
> 가난한 집안 살림 지탱하기 어려워 행상을 떠나며
> 약석의 효험 없이 이제 곧 떠나갈 것만 같은
> 병약한 아들의 회복을 새벽마다 기도하던
> 어머니
>
> ──「세수(洗手)」부분

열다섯살에 작별한 아버지, 그는 비록 "고아로" 자랐고
"평생을 외롭고 험하게 살다" 갔지만 일제 지배에 대한 저

항의 정서를 지닌 "꼿꼿하고 올곧던" 분이었다. 따라서 아버지의 존재는 그림자처럼 강민의 무의식에 깊이 침전되어 그의 일생을 인도하는 말 없는 지표가 되었다. 남편 없는 "가난한 집안 살림 지탱하기 어려워" 행상을 다녔던 어머니는 더 말할 것도 없는데, 어머니에 대한 간절한 기억은 강민의 문학 여러 곳에 등장하지만, 특히 다음 시에 묘사된 것과 같은 쓰라렸던 삶의 현장은 폐부를 찌른다.

어머니는 밥상을 들고
어쩔 줄 몰라 우왕좌왕하셨다
오후 다섯시까지 철거하라는 통지를 받고
그 집에서의 마지막 식사를 하려던 참이었다

서울 중구 광희동 2가 65의 2
그 험한 전쟁에서도 용케 견뎌
늙으신 어머니와 우리 삼남매에게
풍상을 막아주던 남루하지만 따뜻했던 판잣집

돌연 밖에서 쿵 하는 굉음과 함께
천장에서 풀썩 먼지가 일며 와르르 깨어진 기와가
쏟아져내렸다
시간은 아직 다섯시 전이었다

나는 충혈된 눈으로 밖으로 뛰쳐나갔다

—「비망록에서 2」 부분

　그런데 이 작품에 묘사된 사건은 언제 일어난 것일까.
'광희동'이라는 지명으로 미루어 아마 그의 결혼(1966) 이
전일 것이다. 그러고 보면 도시 재개발·재건축의 이름으로
강행되는 삶의 터전으로부터의 서민 축출은 유구한 역사와
더불어 오늘도 이어지고 있는 셈이다. 주목되는 것은 그럼
에도 불구하고 처절한 사건이 있고 나서 반세기가 지난 다
음에야 비로소 마치 바로 며칠 전의 일처럼 묘사되고 있다
는 점이다.

　이런 늦은 대응은 전쟁경험의 경우에도 되풀이된다. 앞
에서 잠깐 살펴보았듯이 초기 작품 「기」에서 "싱싱한 살육
의 벌판"이라고 관념적 상기의 대상이었던 그 끔찍한 날들
의 경험은 잊었는가 싶을 만큼 오랜 세월이 지난 뒤에야 홀
연 망각의 지층을 뚫고 지상으로 분출된다. 그것이 「경안
리에서」(2002), 「미로(迷路)」(2004), 「삼도천(三途川) 기행 1」
(2008), 「비망록에서 4」(2017) 같은 작품들이다. 「경안리에
서」는 1950년 8월 우연히 한 주막집에서 보내게 된 같은 또
래 북한군과 밤새 "하염없는 얘기를 나누"다가 "우리 죽지
말자"고 악수하며 헤어진 일화를 다루고 있고, 다른 세 작
품은 모두 1951년 1월 후퇴 대열에서 낙오한 국민방위군 병

졸로서 추위와 굶주림 때문에 환각 상태에까지 이르렀던 극한적 체험을 묘사하고 있다. 당시의 상황이 어떤 것이었는지 알려주는 뜻에서 짧게 한토막만 맛보기로 예시한다.

북의 전력에 밀려 남으로 후퇴하는 우리에게는
일체의 보급이 끊기고 잠잘 곳도 없었다
외딴집을 보면 불을 지르고 동사(凍死)를 면했다
하루 한끼, 얼어터진 주먹밥이 실낱같은 목숨을 부지
시켜주더니
그것도 멎었다

—「삼도천 기행 1」부분

그러나 강민의 시세계를 전체적으로 훑어보면 그는 앞에서 암시했듯이 현실문제에 정면으로 맞서거나 직접 대결하는 전투적 체질이 아니라 늘 일정하게 떨어진 거리에서 응시하고 관조하며 사색하는 유형의 시인이다. 그는 직장에서 은퇴하고 출판사마저 접은 뒤에는 아내와 함께 양평 동오리에 터를 잡고 전원생활을 하면서 그동안 소홀히 하던 시쓰기에 몰두하는데, 이때에는 그런 관조적 경향이 더욱 강화되었다. 「동오리」 연작 수십편은 이렇게 해서 나온 것으로, 그 가운데 아주 짧은 한편을 소개한다.

바람 분다
사나운 빛살 하나 날아와
우뚝 선다
뜨락은 문득 긴장한다
한 사나이 나와
어지러이 뻗은 가지를 친다

—「동오리 4」 전문

마치 은둔의 선비를 그린 동양화처럼 서경(敍景)의 외관 안에 팽팽한 정신의 긴장을 담고 있다. 바람 부는 풍경 가운데로 날아온 "사나운 빛살 하나"는 어지러이 뻗은 나뭇가지를 치고 있는 전지(剪枝)의 장면과 날카로운 대조를 이루면서 흐트러진 마음을 다잡는 시인의 구도자적 정신자세를 비유하고 있다. 어쩌면 이것은 자칫 현실을 몰각한 전원주의나 감상주의로 기울어질 수도 있는 태도이다. 그러나 그는 도시생활에서건 전원생활에서건 통일과 민주주의에 대한 오랜 갈망을 시의 바탕에서 놓치지 않았다. 천천히 걸어가되 목표를 잃지 않는 일관성, 이것이 오늘 시인 강민의 시세계를 멀리 바다로 나아가는 강물처럼 보이게 만든 원동력일 것이다.

백두에 머리를 두고

한라에 다리를 뻗고 눕는다

강산은 여전히 아름답고

바람은 싱그러운데

배꼽에 묻힌 지뢰와

허리를 옥죄는 유자철선(有刺鐵線)이 아프다

하초에서 흐르는 물 흐름이 운다

여전히 편치 않은 지리의 눈물을 받아

섬진의 노을은 오늘도 핏빛이다

——「꿈앓이」 부분

  서정과 우국(憂國)의 적절한 조화가 과하지 않은 비유에
힘입어 아름다운 시로 승화되고 있다. 이런 작품에 젊은 시
인 같은 예리한 감각이나 언어의 새로움이 성취되고 있다
고 말하기는 어렵다. 하지만 서정시 본연의 순화된 정감을
통해 분단된 국토의 아픔을 가슴에 느껴보는 기회는 아무
리 잦아도 너무 잦다고 불평할 일은 아니다. 이런 지사적
(志士的) 심성을 늘 가슴 한켠에 간직하고 살아왔기에 그는
2016년 가을부터 이듬해 봄까지 한번도 빠짐없이 젊은 문
인들과 어깨를 나란히 하여 촛불시위에 참여했을 것이다.
80대 중반을 넘긴 강민 시인의 건강이 많은 후배들에게 희
망이 되는 까닭이다.

廉武雄 | 문학평론가

미로(迷路)를 산다.

돌아보면 내 생애는 태어나면서부터 미로를 헤맸다.

막노동자였던 아버지가 일 때문에 멀리 출타한 월세방 집에서 어머니는 나를 낳고서는 돌봐주는 이가 없어 본인 스스로 부엌에 나가 미역국을 끓여 드셨다고 한다. 거짓말 같은 이야기다. 그때 내 누님은 네살배기 어린아이…… 그 렇게 자란 내가 학업을 순탄하게 마쳤을 리 없다. 암흑 같 은 일제시대에 도시락 하나 없이 수돗물로 견디며 국민학 교를 마치고, 진학한 중학교에서 수업은 뒷전이고 강제동 원되어 날마다 소나무 뿌리를 캐러 다니다가 일제가 망하 는 바람에 해방…… 그러나 여기서도 나는 교과서조차 제 대로 갖지 못해 노트만 들고 등교하여 한글을 배웠다. 수업 료를 내지 못해 툭하면 결석. 그러다 아버지가 복막염에 걸 려 돌아가시자 아예 학교를 포기하고 탑골공원 근처에 있 던 시립도서관에 가서 닥치는 대로 책을 읽기 시작했다. 이때 읽은 일어판 세계문학전집과 알지 못하면서 읽은 바 이런·헤르만 헤세의 시집, 똘스또이·뚜르게네프 등의 소

202

설······ 이런 독서들이 내게 나름대로의 문학수업이 됐는지도 모른다.

이리하여 중학교 4학년은 아예 포기하고 남산에 있던 민족박물관 사환으로 취직하여 다녔다. 그러다 학교 담임이던 장익환 선생의 배려로 훌쩍 5학년으로 복학해서 학교를 다녔다. 이때 수업료는 누가 냈는지도 모른다. 그리고 일년, 1950년 6학년이 됐으나 뜻밖의 한국전쟁이 발발하여 다시 학업 중단.

전쟁 발발 3일 만에 북이 서울을 점령하여 일시에 붉은 세상이 되었다. 얼떨결에 남으로 피신하다가 많은 일을 겪었다. 그후 남의 반격으로 다시 수복된 서울에서 나는 또 뜻하지 않은 곤경을 겪는다. 중학교 1학년 때 선배의 권유로 '독서회'라는 서클에 가입했던 이력이 유령처럼 나타나 나를 심한 고문으로 몰고 갔다. 일명 '학련'이라는 우파 학생 모임이 주동이 되어 각 학교의 불온(?)분자들을 잡아다 몽둥이를 휘두른 것이다. 며칠간의 곡괭이찜질 끝에 같은 교회에 다니던 학우의 보증으로 혈서를 쓰고서야 풀려나왔다. 1950년 12월 나는 군대로 피신할 겸 자진 입대하고, 1951년 소위 1·4후퇴라는 죽음의 행진 끝에 대구까지 눈보라 속을 걸어가 살아난다. 그리고 공군에 입대, 다시 공군사관학교에 입교. 그러니까 나는 중학교 6년 과정을 도합 4년 만에 마친 셈이다. 그러다 공군사관학교에서의 훈련 도중 다시 폐결핵에 걸려 결국에는 여기서도 중퇴. 얼마 후 서울로 올라와 동국대에 입학해 문학공부를 시작했는데 지병과 등록금이 없어 또 중퇴…… 결국 내 생애는 전부 머뭇거리며 걷는 미로의 배회라고 말할 수밖에 없다.

시인으로서의 내 작업도 끊겼다가 이어졌다가, 스스로도 종잡을 수가 없다.

이제 어쩌면 마지막일지도 모를 시선집을 묶으면서 또 여러분에게 폐를 끼친다. 나이 들어 쇠약해진 내게 시선집 출간을 권유해준 염무웅 선생과 기꺼이 간행을 맡아준 창비 문학출판부 여러분에게 깊이 고개 숙여 고맙다는 말씀을 올린다.

2019년 2월
강민

1933년    본명 성철(聲哲). 3월 5일 서울에서 출생. 원래 선
         조 때의 고향은 경기도 이천군 장호원읍 나래리
         송촌(상곡)이라는 마을이다. 여기는 지금도 강씨
         집성촌이다. 아버지는 진주 강씨 강성원(姜聖遠),
         어머니는 청주가 고향인 교하 노씨 집안의 노병
         의(盧秉義).

1945년    서울 장충국민학교를 졸업하고 중동중학교(6년
         제)에 입학했으나, 가난과 갑자기 찾아온 해방 공
         간의 어수선한 분위기, 그리고 아버지의 병환으
         로 제대로 학업을 계속할 수가 없었다. 얼마 후
         아버지 별세. 4학년은 다니지도 못하고 민족박물
         관 사환 등으로 1년을 지내다 평생의 은인 장익환
         선생이 찾아와 5학년으로 복학. 1년 동안 친구들
         의 노트를 베끼며 필사적으로 공부하여 겨우 6학
         년에 진학했다.

1950년    6월 한국전쟁 발발. 전혀 뜻하지 않게 해방 정국
         때의 '독서회' 활동이 빌미가 되어 우파 학생 모
         임 '학련'에 끌려가 곡괭이 자루로 얻어맞는 혹독

한 시련을 겪다가 혈서를 쓰고 방면된 뒤 험난한 시국을 피하려 지방으로 피신. 서울 수복 후에야 귀가.

1950년      12월 차라리 군 입대로 피신하고자 국민방위군사 학교에 자원 입교.

1951년      1월 1·4후퇴로 온양에서 대구까지 죽을 고생을 하며 도보로 행진. 2월 구포 범어사 임시사관학교에서 훈련 아닌 지옥 같은 고생 끝에 방위군 소위로 임관. 김해 12교육대 환자중대 중대장, 청주 문의면 후곡리 속리산 빨치산 출몰 지구 소대장을 역임하다가 국민방위군 해산으로 대구행.

1951년      7월 공군 통신하사관 후보생으로 입대, 11월 공군사관학교 3기생으로 입교. 그러나 국민방위군에서의 모진 고생으로 폐결핵을 앓아 공군병원에 입원, 그리고 적성이 맞지 않아 1953년 2월 퇴교.

1954년      서울로 올라와 헤어졌던 가족들과 합류하고, 동국대학교 국문학과에 입학. 그러나 폐결핵이 재발하여 사경을 헤매게 되어, 학교도 다니지 못하고 끝내는 중퇴. 이 무렵 양주동·백철·조지훈·서정주 선생들을 만나고, 같은 학교의 이근삼·이형기·장한기·황명·이창대·신기선·최재복·남구봉 등의 선배와 신경림·송혁·황갑주·조한길 등의 동급생 문우들을 만나다.

1957년 기적적으로 몸이 나아 도서출판 영지문화사에 입사. 이때 만난 친구로는 연세대학교 출신의 시인 박희연·정공채·유창경 등이 있다.

1960년 영지문화사를 그만두고 학원사 출신의 주채원 선생이 창업하신 정향사에 입사. 해방 이후 최초로 일본 소설가 고미까와 준뻬이의 『인간의 조건』을 번역 출판하여 순식간에 베스트셀러가 되는 현상을 체험했다.

1962년 1월 친구들은 속속 문단에 등단하고 있었으나 본인만 뒤처져 있다가 이산 김광섭 선생의 배려와 박용숙·남정현·최인훈·송혁 등의 친구들 권유로 『자유문학』에 추천 아닌 동인지 소개로 시 「노래」를 발표하며 등단. 6월 정향사를 떠나 도서출판 육민사에 입사.

1963년 신동문·고은·김재섭·김영태·권용태·송혁 등 여러 시인들과 함께 시 동인지 『현실』을 창간하고 2호까지 발간. 이때까지만 해도 문단이 모두 순수 서정을 내세울 때인데, 뭔가 이념적 색채를 띤 동인지를 만들었다는 것이 신통하다. 이때 김수영·김춘수 시인도 참여했던 것 같다. 같은 무렵에 신봉승·최재복·김상일·신기선·김종원·김승환·박

봉우·김희로·김상일 등과 '네오드라마'라는 전
위적 드라마 동인 활동을 폈다.

1965년      5월 육민사를 사직하고 도서출판 학원사에 입사
하여 『주부생활』 기자, 『학원』 편집부 차장·부장·
국장·출판기획실장 등을 역임. 그동안 많은 문화
계 인사 및 문인들과 교류하다.

1966년      11월 동국대학교 국문학과 후배인 이국자(李菊子)
와 결혼. 그녀는 방송작가를 거쳐 소설가로 활동.

1967~68년  한국잡지기자협회 회장. 이때 석용원·김하중·고
정기 등 여러 잡지인들과 교류.

1968년      맏아들 일구 출생.

1970년      맏딸 시내 출생.

1973년      금성출판사로 직장을 옮겨, 편집국장에 취임. 이
후 여러 전집물을 기획 편집하여 사세 확장에 기
여. 이 무렵 백기완·방동규·심우성·구중서 등 시
국 때문에 고생하는 친구들과 교류하다. 막내아
들 민구 출생.

1974년      자유실천문인협의회 창립에 참여.

1986~87년  송혁 시인의 작고로 공석이 된 동국문학인회 회
장을 맡아 결간되던 『동국시집』을 속간하고, '동
국문학상'을 제정하여 제1회 수상자로 신경림 시
인을 선정.

| 1990년 | 시국과 얽힌 여러 곡절 끝에 금성출판사 편집상 무직을 끝으로 직장을 그만두다. |
|---|---|
| 1991~95년 | 도서출판 무수막을 창업 운영하다. |
| 1993년 | 4월 뒤늦게 첫 시집 『물은 하나 되어 흐르네』를 도서출판 답게에서 출간. 이 시집으로 11월 윤동주문학상 본상을 수상했다. |
| 1995년 | 경영난으로 무수막을 있는 그대로 사원들에게 물려주다. |
| 1998년 | 맏아들과 맏딸을 결혼시킨 후, 도시생활을 청산하고 양평군 강하면 동오리로 이사. 소설가 아내와 함께 전원생활을 즐기며 글쓰기에 전념하다. |
| 2002년 | 국제펜클럽한국본부 이사, 민족문학작가회의 자문위원. 양평 소재 『백운신문』에 시 '동오리 통신' 연재. 4월 두번째 시집 『기다림에도 색깔이 있나보다』를 문학수첩에서 출간. 동국문학인상, 시인들이 뽑는 시인상(문학과창작 제정) 수상. |
| 2009년 | 5월 오랜 투병 끝에 사랑하는 아내 이국자 소천. |
| 2010년 | 10월 세번째 시집 『미로에서』를 책만드는집에서 출간. 양평을 떠나 용인 큰아들 집으로 합류. |
| 2014년 | 6월 네번째 시집 『외포리의 갈매기』를 푸른사상에서 출간. 이후, 오랜 군사정권의 폭압과 이명박·박근혜의 폭정에 분개, 여러 문우들, 일터의 |

동지들과 손잡고 촛불 광장으로 나가다.

2019년    2월 시선집 『백두에 머리를 두고』를 창비에서 출간.

## 엮은이 소개


**염무웅** 廉武雄  1941년 강원도 속초에서 출생. 1964년 경향신문 신춘
문예에 문학평론으로 등단했다. 창작과비평사 대표, 민족예술인총연
합 이사장, 민족문학작가회의 이사장을 역임했고 현재 영남대 명예교
수로 있다. 평론집『민중시대의 문학』『혼돈의 시대에 구상하는 문학
의 논리』『모래 위의 시간』『문학과 시대현실』『살아 있는 과거』, 산문
집『자유의 역설』『반걸음을 위한 생존의 요구』, 대담집『문학과의 동
행』, 공역서『문학과 예술의 사회사』등이 있다.

강민 시선집

**백두에 머리를 두고**

초판 1쇄 발행 / 2019년 2월 22일

지은이 / 강민
엮은이 / 염무웅
펴낸이 / 강일우
책임편집 / 최현우
조판 / 황숙화
펴낸곳 / (주)창비
등록 / 1986년 8월 5일 제85호
주소 / 10881 경기도 파주시 회동길 184
전화 / 031-955-3333
팩시밀리 / 영업 031-955-3399 편집 031-955-3400
홈페이지 / www.changbi.com
전자우편 / lit@changbi.com

ⓒ 강민 2019
ISBN 978-89-364-7684-7 03810